愿你敢爱
如当年

陌忘芊 / 著

YUANNI
GANAI
RU DANGNIAN

青岛出版社
QINGDAO PUBLISHING HOUSE

/ 愿你敢爱如当年

／好像爱情曾经来过

My hoppy time:
Rain wear boots
  treading water.

我是陌忘芊。

小的时候，我曾听过一个童话故事《皇帝长了驴耳朵》，说一个国王长了一对驴耳朵，每个给他理发的人事后都会忍不住告诉别人，从而被砍头。有一个理发匠把这个秘密藏得好辛苦，他快憋不住时，就在山上对着一个大树洞说出了这个秘密。结果从此这树上的叶子只要被人放在嘴边一吹，就会发出"国王有驴耳朵"的声音。

后来我长大了，在最美好的年华里，我曾赤诚天真地爱过一个人。他如山间清晨一般明亮清爽，如古城道路上的阳光一般温暖而不炙热。

他跟我说，等我。我相信了。于是我等着他穿越人海向我走来，在漫长的等待中，我开了这样一家"树洞"小店。

　　它静悄悄地开在这座繁华城市的街角，只为等那些心中有话要说的人来，听他们讲出那些埋藏在心里的故事，或许是不能告人的秘密，或许是随风飘散的往事，也或许是某种内心里无法与人分享的纠结。

　　人们总需要寻找一个可以倾诉的地方，童话故事里的人们将心事找个树洞倾诉，然后用泥封住，而在这座城市里奔波的人们也需要这样一个树洞来倾诉。

　　于是后来，有许多人来到我这里，不同的姑娘和先生，有的只是来点一杯咖啡，有的来这里看会儿书，还有很多人会跟我分享他们的故事。

　　树洞小店似乎不只是我一个人的店，而是他们埋葬回忆的地方。我希望每个走进这里的人都能够挥手和过去的那个悲伤的、软弱的、执拗的自己说再见，然后忘掉过去，开始新的生活，人生总要继续。

　　而这本书里讲述的是十二位姑娘与先生的故事。每个故事各不相同，故事里有暗恋，有寻爱，有执着，也有辛酸，有不甘，有难过，当然也有放手，有看开，有释怀。

　　每个人都经历过爱情，爱情里面的他们或甜蜜或悲伤。于别人来说，或许这些只是一个平静没有波澜的故事，可于他们自己而言，却往往是最为刻骨铭心的回忆。

很多人看了我写的故事对我说，故事里的主人公像极了当初傻傻的自己。你看，分明我写的是别人的故事，可总有人看到会觉得像在讲述自己。故事是相同的，可看故事的人的心情却不同。

或许我们在寻找爱情的旅途中会一路跌跌撞撞，那些为爱受过的伤，像午夜流淌的明月光。于是我们渐渐敛了自己的锋芒，收了自己的倔强，小心翼翼地把自己包裹在厚厚的壳里，闭口不提爱情。

可我希望，我的故事能够如阳光一般温暖你的心。如果你能在这十二个故事里看到当初那个为爱不顾一切的自己，请你继续相信爱情。

就像我一直相信，星星会说话，石头会开花，穿过夏天的栅栏和冬天的风雪过后，他终会抵达。如果你等到他跨过山，越过海，来到你身边，请你一定勇敢地给他一个拥抱。

最后，

愿你夜夜有好眠，

愿你人生似诗篇，

愿你敢爱如当年。

/ 愿你敢爱如当年

目 录

第一辑

"

我爱你，
你知道吗？

第二辑 爱错了，又如何？

"

第四辑

"

我仍然
相信爱情

第一辑

" 我爱你，你知道吗？

"

初见：

丁青姑娘

与长弓先生

我是一个爱听故事和讲故事的人。

在电影《花样年华》里，梁朝伟站在吴哥窟的那个树洞前，诉说自己的心事，然后用草把树洞封上。从此，没有人知道他心里曾发生过什么故事，他曾牵挂过谁，默念过谁，又欺瞒过谁，伤害过谁。

于是，我开了一家叫作"树洞"的小小的店，藏着我珍爱的书籍。那些风尘仆仆的人可以在这里落脚，喝上一杯咖啡，而唯一的交换是把他们的故事讲给我听。

第一个来我这里的是丁青姑娘，她是一个像猫一样的姑娘，小心翼翼拿出尘封的淡绿色封面的日记本。她说："我要结婚了。过去的那些故事，我想把它放在你这里，你替我暂时保管吧。"

我不知道她经历了怎样的伤痛，可我想，她是真的想要和过去挥手告别了，否则，怎么能轻易把随身携带的日记本交由我来保管。

丁青姑娘点了一杯不加糖的拿铁，抿了一口，或许是因为苦涩微微皱了眉头。随着她一页一页轻轻翻起日记本，那些随过往而尘封的旧事也如洪水般涌现了出来。

在日记本的扉页上，她娟秀的字迹记录着这样一行字：你不知道我如此爱你，我不知道我如此爱你。

所以，我今天讲的故事就是丁青姑娘与长弓先生的故事。听我说，这是一个漫长的关于暗恋的故事，平淡而伟大。

如果你没有这样深沉地爱过一个人，那么你大可不必往下看了，或许你会觉得枯涩。可若是，你曾和她一样深爱过，那么请你认真读下去，愿你能在她的故事里，看到曾经那个为爱卑微的你。

【一】

郎骑竹马来，绕床弄青梅。同居长干里，两小无嫌猜。丁青姑娘第一次遇见长弓先生的时候，是小学一年级。那时候她还不知道有"青梅竹马"这个成语，后来知道的时候，她却说，从我们认识的时间上看，确实可以算是青梅竹马，可实际上却从来没有达到那般要好的程度。

那时候，长弓先生还是一个小屁孩儿，丁青姑娘与他也有过

那么一段温暖的岁月。他们曾一起去小卖部买零食，一起玩过家家，嘲笑对方哭的时候不曾擦干的鼻涕。如今想起，连丁青姑娘都有些恍惚，是否有这么一段记忆的存在，可它的确存在。

再后来，不知怎的，两人就断了联系。再遇见的时候，已经是小学六年级。丁青姑娘与长弓先生成为了同桌，彼此相安无事，仿佛商量好了一般对当年那些糗事闭口不提。丁青姑娘说："我想，他一定是忘了。"

那时候，丁青姑娘已经是个好姑娘，名副其实的好姑娘。她乖巧听话，成绩优异，脸上总是带着淡淡的微笑，从来不曾与别人吵过架。如果说那些美丽张扬的女孩子是盛开的玫瑰，那么丁青姑娘就是未经雕琢的璞玉。你第一眼觉得她默默无闻，第二眼觉得她更默默无闻，第三眼她会忽然很低调地让你大吃一惊。

长弓先生那时候成绩平平，笑起来有两个酒窝，带些痞痞的坏味道，在当时学校里和许多人成群结队混着玩。因为打游戏的时间久了，所以成为了班级里为数不多的四眼熊猫。

丁青姑娘与他的第一次交集应该是一次期中考试。正当长弓先生因为一道数学题急得抓耳挠腮的时候，丁青姑娘伸出了援手，她偷偷给他传了一张小纸条。因为丁青姑娘的帮助，使得长弓先生那次考试成绩的排名上升了许多。后来，他用父母奖励的零花钱送了丁青姑娘一根棒棒糖。

丁青姑娘后来说,她一直没舍得吃,把它放在叠有星星的罐子里。每天想起他的时候,她就会叠一颗星星放在里面。后来罐子里的星星变得越来越多,而棒棒糖等她想吃的时候,才发现,它已经变质了。

说到这里,丁青姑娘垂下了眼睑,眼角似乎有些湿润。她说,也许从一开始就注定了后面的结局,她想要握住的甜蜜,阴差阳错变了味道,无论她再做什么终究于事无补。

故事仍旧继续。从那以后,他们就成了好朋友,虽然没有到那种无话不说的程度,可是也相处得很愉快。而事情的转变是在一个再平凡不过的午后,丁青姑娘说,一生有那么多个日子,可那天,真的是她这一生中最为特殊的日子。

那天下午,在做作业的时候,由于前一天晚上没有睡好,丁青姑娘有些犯困。正当她忍不住打哈欠的时候,旁边的长弓先生递给了她一张小纸条,说:"看了不准笑哦。"她以为那是他写给她的笑话,说:"我不会笑的。"

可打开来看,竟然是这么一句话:"我觉得我有点喜欢你。"丁青姑娘真的笑了,说:"别开玩笑了。"可回到家里,她的内心却没那么安静了。这算是情书吗?好像是,又好像不是。自己喜欢他吗?她自己也弄不清楚。

年少时的感情多么纯粹,不掺一点杂质,不会轻易说爱,可是就是那样淡淡的喜欢，就能让人一辈子也忘不了。

隔了几天，长弓先生问丁青姑娘："你喜欢我吗？"丁青姑娘给他写了三个字：不知道。男孩子总是不懂女孩子的心，当一个女孩说不知道而不是不喜欢的时候，其实她内心大抵是喜欢你的，只是因为羞涩而难以启齿。

可后来，事情却并不像我想象的那样往美好的方向发展。大人们总是把小时候的情情爱爱当作玩笑，不以为然。可是，儿时的爱恋虽说不是刻骨铭心，可是在当时，也算是一件"血雨腥风"的大事。

班级里渐渐有传闻说长弓先生喜欢丁青姑娘，甚至他买了和她一模一样的文具盒。丁青姑娘其实不算美丽，顶多算是长相清秀，一直在班里默默无闻。可现在却突然成了班级里的焦点，让她一度手足无措。

丁青姑娘说，她是不讨厌长弓先生的。说实在话，甚至还有些好感。可是在这些流言蜚语面前，在别人起哄的时候，因为尴尬，抑或是羞涩，她总是急于撇清和他的一切关系，再也不与他说话。

甚至于小学毕业的时候，在长弓先生的同学录里，丁青姑娘也只在留言里写下了这样一句话：大笨蛋，祝你早日死翘翘。丁青姑娘说："我也不知道为什么，想对他说的话明明有很多，可最后竟然写了这么一句恶毒的话语，但那句话并不是我真心想说的。"

而他们的小学时代，也最终在一张毕业照里落下了帷幕。我看到了年轻时的他们，丁青姑娘站在最中间，穿白色连衣裙，扎了一个独马尾，依稀能看出当初那个无比羞赧的样子。而站在最后一排的长弓先生，酷酷地把双手插在兜里，嘴角一翘，果真有两个酒窝。

丁青姑娘在初中的时候开始写日记，都是关于他的。而当后来她回忆起年少的这个时候，她在日记本上补写了这样一句话：

"我总记得，第一次见面时你戴着鸭舌帽的样子，有着痞子样的坏坏微笑，而我却从中看到了温暖。过去了这么久，你永远也不会知道，在无数个恍惚的瞬间，我都会看见你微笑的面庞，好看的睫毛。我以为这些我统统都会忘记，我以为一切都会过去。"

—— 2001.9.16 摘自《丁青日记》

【二】

初中一年级，他们没有在一个班级。学校不大，丁青姑娘有时候也会跟长弓先生碰面，而她只是低着头不说话，像是没有看见他一般快速走开。只是有一次，隔壁班的同学来他们班借书，丁青姑娘的书也被借了出去，可是当她的书被还回来的时候，上面竟有了长弓先生的名字，和丁青姑娘的名字连在一起，中间画了一个心。

丁青姑娘拼命地去擦，可似乎心里却是甜的。她想，他是不是还喜欢着自己？后来，丁青姑娘开始想念从前的那些日子了。她开始发现，自己竟然想要见到长弓先生，等见到他的时候又会脸红，会心跳加速。丁青姑娘想，她是不是也喜欢上他了？

可你知道吗？这世界上有两种人，一种是一辈子只爱一个人的人，一种是可以爱很多人的人。偏偏不巧的是，丁青姑娘是前者，而长弓先生属于后者。

初中二年级，也是一个午后。大课间的时候，丁青姑娘闭眼在做眼保健操，忽然听到窗外广播站里有人留言，别的丁青姑娘没有听清，可是有两个名字她是听到了的。是的，一个是长弓先生的名字，另一个是隔壁班的姑娘的名字。

那是第一次，丁青姑娘因为长弓先生流泪，她没有让任何人看到，偷偷掩在做眼保健操的手后面。她并不是个爱哭的人，从前无论多难过，总会强忍着。可是，那一次，丁青姑娘第一次觉得天空都变暗了，也终于慢半拍地发现，她喜欢长弓先生，很喜欢，比任何人都要喜欢。

夜晚在被窝里，她一个人蒙着被子偷偷哭了很久。她想不明白，不过才一年时间，她又没说不喜欢他，他怎么就这样喜欢上了别人。

丁青姑娘说："我总是自我安慰，以为我的伤心不过是因为普通女孩子的骄傲，任是谁，如果一个喜欢你的人突然不喜欢你了，总会觉得很失落。可是，我没有想到，他会占据我人生中那么长时间。"

所以，当你年轻的时候，如果没有承诺，千万不要轻易说爱，你不知道，对于你来说可能不算什么，可是对于你爱的人来说，却有可能是影响一生的诺言。

初中放学回家，有一条路是所有学生的必经之路。丁青姑娘发现，长弓先生和另外一个姑娘每天放学一起回家。对了，你一定猜到了，长弓先生实在不是一个好先生，他和大多数调皮又捣蛋的男孩子一样，肆意地挥霍着自己的青春。

而每天顾影自怜的丁青姑娘，渐渐地也几乎不主动与男生讲话了。有一次，碰上个不爱说话的男生做同桌，他们竟然三个月都没有说上十句话。她的心里还想着长弓先生，一有空就望着他所在班级的方向出神。可是当真的碰到他的时候，又会装作什么事情也没有发生。

丁青姑娘后来只能很用功地学习，看着自己在光荣榜上的排名一步步靠前，可她与长弓先生的距离却越来越远。终于，她也变成了四眼熊猫，当她拿着第一副眼镜的时候，竟然不觉难过，而是开心地想，她和长弓先生终于有一个共同点了。

在日记本里，丁青姑娘依然用文字记录着属于她的美丽的哀伤。

"是不是每个男生，都会喜欢好几种类型的女孩。可是你爱过的女孩中，会有一个是我吗？"

—— 2004.10.11　摘自《丁青日记》

【三】

高中那个时候，没有网络，没有手机，丁青姑娘唯一记录生活的方式就是写日记。很多年以后，在网络媒体风行的时代，她的这个习惯依然没有改。

她说，那些虚拟的文字，或是几个表情、符号，完全没有实际存在的意义，不小心按下删除键，那些东西就会成为一场风烟，消散殆尽。而只有写在纸上的东西，会有书写者的心意，带着淡淡的墨香，甚至还能感觉到下笔时的犹豫认真，这份情才会被永久保存。

丁青姑娘与长弓先生去了同一所高中，可他们却始终没有被分在同一个班级里。她一直默默关注着他，知道他军训的时候第一次剃了光头，知道他的眼镜换了不同的框架，知道他每次考试在校榜上的排名，知道他又交了不同的女朋友。

长弓先生这时候个子已经很高，笑起来也已经能让周围的姑娘看上好久。这让丁青姑娘越发自卑起来，那时的她剪了短发，站在人堆里没有人能找得到，平凡得几乎班级里也很少有人注意到她的存在。

丁青姑娘说，整个高中时光，她最喜欢的是高一的那次运动会。后来，她说，她那时候总觉得会在任何热闹场合碰见他，虽然不喜欢热闹，但还是因为这个想法经常决定去碰碰运气，结果往往落空。直到现在，在热闹的场合她还会想起，她曾经穿梭在人流中，寻找一个并不在场的人。

运动会的时候，丁青姑娘被好友拉着去看俯卧撑比赛，为本班同学加油，却意外看到参赛的长弓先生，于是她表面上是为自己班的同学加油，可实际却是在旁边为长弓先生悄悄计数，她就那样静静地看着他。她总也忘不掉，他做完俯卧撑起来后对她的微微一笑。

第二天，丁青姑娘要参加八百米比赛，她体育并不好，不过是被拉去凑数罢了。当她快要跑到终点的时候，在看台的座位席上，丁青姑娘恍惚看到了长弓先生的目光正停留在她身上，于是她拼尽全力奔向终点。

后来，丁青姑娘无意中知道了长弓先生的QQ号码，在那个刚开始有这个聊天软件的时候，丁青姑娘如获至宝，犹豫了好几天才加了长弓先生为好友。

她想告诉他一些事，却又害怕与他联系，胆怯羞涩又自觉幼稚。于是丁青姑娘只与他聊了几次，以曾经同学的身份。她说，你知道喜欢一个人可以有多傻吗？有一次长弓先生的号码被盗，发来了几个不知道什么意思的鬼数字，可那是第一次长弓先生主动给她发消息，丁青姑娘激动不已，把这段数字记在了日记本里。

再后来，也有男孩子喜欢上了丁青姑娘。有一次，她的自行车坏了，那个男孩子对她说："上车，我送你回家吧。"丁青姑娘犹豫着跳上了男孩子的车子。在宽阔的马路上，她看到了长弓先生和另一个女孩儿谈笑风生，而长弓先生也看到了丁青姑娘，他似乎有些诧异，但那也只是一瞬间。

从那以后，丁青姑娘再也没有坐过男孩子的车子，仍旧孤独而倔强地一个人骑着老式自行车奔波在上下学的路上。而那个男孩子没过多久，自行车上载了另一个女孩子。

丁青姑娘问我说："爱是什么？为什么每个人都可以那么轻易地说爱一个人？"

我不知道。时至今日，我也不懂，爱究竟是什么。可丁青姑娘是个傻姑娘，脑子只有一根筋的傻姑娘，她爱上一个人，就如飞蛾扑火一般，陷进去再也不能自拔。

"有毒的东西总是让人迷恋，也容易让人上瘾，瘾这个东西，最难戒。比如迷恋上爱情，迷恋上他的笑、他的声音、他的眉毛、他的嘴唇，是什么时候开始的这场迷恋？《游园惊梦》第一句说得真好：情不知所起，一往而深。所以，忘掉一个人大概是最难的，他在心里，如影随形，是生根发芽的，是阴魂不散的，是足以让人迷恋成痴的。"

——2005.4.18　摘自《丁青日记》

【四】

高三那一年，忙碌的学习压得他们都喘不过气来，写试卷的速度永远赶不上老师发试卷的速度，埋藏在书后面的是他们每一个人疲惫的脸。丁青姑娘的日记也由此断了一年。而她似乎并不愿意提起高考，仿佛那是一生中挥之不去的梦魇。

她说："我考得很不好，从考场下来我就知道。成绩出来的那天，我一直在看周星驰的电影，逼着自己笑起来，可那笑简直比哭都难看。我是家里唯一的希望，我也一直想去大城市看看，可最终一切都泡汤了，我永远都记得父亲一边安慰我，一边却在我看不见的地方偷偷抹眼泪的场景。"

而让这场伤痛变得更严重的是，原本高考结束后，丁青姑娘想要鼓足勇气向长弓先生表白。可那天，丁青姑娘无意中看到长弓先生在网上写的话。他原来也那么深爱着一个姑娘，就如同她深爱着他一样。长弓先生的话语里，充满了对另一个姑娘的思念与深爱。

丁青姑娘说："我本以为他从没有真心对过谁，我本以为他还是记得我的，我本以为只要我勇敢我们就能在一起。"

长弓先生喜欢的那个姑娘，美丽出众，丁青姑娘虽没有与她做过同班同学，可是却早早听过这个名字。丁青姑娘曾远远看过她，长发如瀑，声音婉转动听，每场晚会必然看得到她的身影，骄傲得如同公主一般。

可那时的丁青姑娘，一头齐耳短发，把身体裹在校服里面，躲在人群里不会有人注意到她，就像是一只丑小鸭。综合一比，她便知道自己配不上他。

她第一次感到绝望，他爱上的原来是这样的姑娘，这让她越发自惭形秽。可后来，丁青姑娘才明白，真正爱你的人不论你是什么样子，都会一如既往地爱你，即使你脸上有了苍老的皱纹，他也会依然爱你圣洁的灵魂。而不爱你的人，即使你努力改变成他喜欢的样子，他仍旧不会爱你。

那是丁青姑娘第一次喝醉酒，她把不同种类的酒混合在一个杯子里，一口饮尽，口中喃喃自语："你为什么不喜欢我了？你知不知道那些话，我看了之后很难过。"可这些，并没有阻挡丁青姑娘固执而勇敢的脚步。她说，人生只有这一次，我总是要勇敢一回，努力一回，给这个故事画上句号，无论结局是好是坏。

于是，丁青姑娘不知用了什么办法，得知了长弓先生填报的那所大学所在的城市，于是，毅然决然地不顾父母反对，执意报了那所南方的大学。她在站台等火车的时候，丁青姑娘看到了长弓先生，原来他们乘的是同一班火车。丁青姑娘装作普通校友一样，走过来与他打招呼。那似乎是隔了很久之后他们第一次正式单独的见面。

在火车上，长弓先生的座位就在丁青姑娘前面不远处，她可以肆无忌惮地看着他飞扬的发梢，好看的睫毛，忽然觉得自己的执着都是值得的。她想，如果火车永远不会停该有多好，能这样静静看着他一辈子该有多好。

我问她："这么多年，你究竟喜欢他什么？"丁青姑娘说：

　　"我不知道，能说出来的似乎都不是爱，或许我爱的只是我想象出来的那个他，抑或是我爱的只是当时我爱他的那种感觉。"

　　"你后悔吗？"她摇摇头，说："从前我一直为了父母当一个乖女孩，可是我想为自己活一次，也许，这是我唯一疯狂的一次。也许，这是我最后的机会了。"

　　"2004年秋天，我最喜欢的导演王家卫拍了一部《2046》，我在很久很久之后才看那部电影。那上面说，去2046的乘客都只有一个目的，就是找回失去的记忆。因为在2046，一切事物永不改变。没有人知道这是不是真的，因为从来没有人回来过。

　　"我常常在想，也许在二次元的世界里，我会不会，就在这里，和他。"

—— 2008.10.11　摘自《丁青日记》

【五】

　　丁青姑娘没想到，他们两个的学校，一个在市区最东面，一个在市区最西面，下了火车，两人分道扬镳，分别搭乘不同的地铁，驶向各自的方向。她说，原来这一切，都是冥冥之中注定了的。

　　因为同学中去那座城市的人不多，也因为同乡的关系，他们开始渐渐熟络起来，成为朋友。而年少时曾经的小插曲，从来没有被他们提及，竟像是从未存在过。

　　每周，丁青姑娘都会挤一个多小时的地铁，去他的学校，后来对他的学校竟然比对自己的学校都熟悉。她熟悉他所在的宿舍楼，熟悉他上过自习的每一间教室，甚至熟悉食堂里每一个好吃的窗口。有时，她会装作顺路来这边看看他，可大多时候，她是一个人，看他看过的风景，听他喜欢的歌，走他走过的路。

　　有时候，她会在一大群朋友中突然地沉默，在人群中看到相似的背影就难过，看见秋天树木疯狂地掉叶子就忘记了说话，看见天色渐晚路上暖黄色的灯火，就忘记了自己原来的方向。

　　无聊的时候，丁青姑娘总是翻看他的微博，看他发的每条状态，然后反复推敲，细细琢磨。因为他的伤心而难过，因为他的高兴而快乐。他在网上发状态：看到了一双限量版球鞋，很喜欢。她立刻记了下来，发了好多天的传单，在烈日炎炎下，晒得黑了一圈，才攒够了钱，在网上买了那双鞋匿名寄了过去。

　　他说今天好难过想喝点酒，她立刻给他发消息说今天心情不好，一起去吃饭吧。然后，她就静静地坐在一旁，看着他喝酒。

　　他喝醉了的时候，她硬是把他扶回了学校。丁青姑娘说："我也不知道当时哪里来的那么大的力气，或许那就是爱的力量。"离开了压抑的高中，日子过得自由了许多。丁青姑娘留起了长发，穿起了白裙子，参加吉他社学了吉他。她说，我其实是个一点音乐天赋都没有的人，我唱歌一点也不好听，可我想学，想唱歌给他听。她学得手指磨起了茧子，最终也只学会了这一首《好久不见》。

我来到 你的城市

走过你来时的路

想象着 没我的日子

你是怎样的孤独

拿着你 给的照片

熟悉的那一条街

只是没了你的画面

我们回不到那天

你会不会忽然地出现

在街角的咖啡店

我会带着笑脸 挥手寒暄

和你 坐着聊聊天

我多么想和你见一面

看看你最近改变

不再去说从前 只是寒暄

对你说一句 只是说一句

好久不见

　　丁青姑娘这块璞玉，从前没人注意到，可现在也逐渐发出了光亮。不知不觉中，她收到了许多人的情书告白，可丁青姑娘一律把它们锁在了抽屉里。于是她成了别人眼中的怪人，对人客气而礼貌，可别人却很难走进她的心里。那时的丁青姑娘，心里满满的都是长弓先生。她在想，我变得更好了，你会不会多看我一眼？

　　而真正让丁青姑娘感到绝望的是，因为那个姑娘的一句话，长弓先生连夜买了机票，飞到了另一个城市。

　　许多往事在眼前一幕一幕，变得那么模糊，曾经那么坚信的，那么执着的，其实什么都不是。突然发现自己很傻，傻到不行。明知道他不喜欢自己，却还一直傻傻地期待，然后失望，再期待，再失望。

　　丁青姑娘说："那一刻，我就决定不再喜欢他了。我曾经以为自己这一段暗恋虽然从来没有见过阳光，可是从十二岁到二十岁，整整八年的时光，我也以为是轰轰烈烈的。曾经我以为我会一直喜欢一个人到永远，可是那样实在太累了，苦苦等待一个人等得近乎绝望，等得快要凋零。

"我可能不会再继续喜欢他了，我也可能会喜欢上其他很多人。其实，我也不过是俗人一个，终究不是书中写的人，爱不了一个人一辈子。也许只是一个不经意的瞬间，我就忽然不喜欢他了。我甚至，想不起那个曾经无数次出现在我脑海中的面庞。"

丁青姑娘这一次没有流眼泪，她说："我从前为他流了太多的泪，从今以后，我不会再为他难过了。"

她忽然想起长弓先生曾经说过他喜欢的一首歌，张信哲的《从开始到现在》。婉转而哀伤的男声唱道：假如有一天，你遇到了跟他一模一样的人。他真的就是他吗？如果再见是为了再分，一次新的记忆为何还要再生。从未想过爱一个人，需要那么残忍才证明爱得深。为你等从一开始到现在，也同样落得不可能。难道爱情可以转交给别人，但命运注定留不住我爱的人。我不能，我怎么会愿意承认，你是我爱错了的人。

可终究，丁青姑娘的一片真心还是错付了他人。从那以后，丁青姑娘没有再去主动联系过长弓先生，而长弓先生也没有再来找过她。两人就这样自然而然断了联系。

偶尔过年的时候，丁青姑娘也会收到长弓先生群发的短信，若是从前，丁青姑娘必然无比欣喜。可事到如今，她也只是笑笑，礼貌地回一句：你也快乐。

　　"我是自欺欺人，我是自己为自己编织了一个梦。我也知道，有一天梦会碎。是我自己沉迷了太久，久到连我自己都看不清楚。

　　"我以前以为一分钟很快就会过去，但其实是可以很长的。有一天有个人指着手表跟我说，他说因为那一分钟而永远记住我。那时候我觉得很动听，但现在我看着时钟，我就告诉自己，我要从这一分钟开始忘掉这个人。"

　　　　　　　　　　——2010.6.30　摘自《丁青日记》

【六】

　　故事讲到这里，似乎就结束了，这个故事本身就简单得不能再简单了。生活永远不像电视剧一样曲折离奇。大多数人的爱情就是这么平淡地来，平淡地走。可总会有人问，那后来呢？

　　后来呢，丁青姑娘很少再联系长弓先生。她不知道他现在身在何处，不知道他过得好不好，不知道最后陪伴在他身边的是谁。

　　丁青姑娘在最伤心的时候，有人给了她一个橙子，一个画着笑脸的橙子。他在她最难过最无助的时候，给她一个可以依靠的肩膀。是的，他们在一起了。

她说，他笑起来的时候，很像长弓先生。他待她很好，在她不开心的时候，给她讲笑话，教她打篮球，给她唱歌，送她礼物。丁青姑娘说，那是我过得很开心的一段时间，以后想起来，也会很快乐。只是，毕业的时候，他们和大多数人一样没有逃过分手的命运，回到了各自的家乡。

丁青姑娘说："或许还是不够爱，而我也失去了为爱不顾一切的勇气。"再后来，丁青姑娘回到家乡，有了一份还不错的工作，父母安排相了亲，对方是她父亲朋友的儿子，条件很好，各方面很是登对，双方都很满意。于是他们自然而然地准备结婚了。旧时光里的华丽少年也终究会被新时光里的平凡男人取代。

而巧的是，长弓先生也寄来了他的结婚请柬，时间就在丁青姑娘结婚日子的前一个月。可当她打开请柬分明看到，新娘并不是长弓先生一直喜欢的那个姑娘，而是一个普通得不能再普通的姑娘。

那一刻，泪水便布满了她的整张脸。她捂着嘴任由眼泪不停地掉，像要把这十多年来所有欠他的感激与对他的想念一并掉光。可哭过之后就笑了，她说："原来，你真的喜欢一个人，你是真心希望他过得幸福，纵使这个幸福里不曾有你。"

她把那份请柬夹在日记本里，并没有参加他的婚礼。那是她用心爱过的人，那是她整个青春。而这一切，都结束了。如今，这个她曾经爱慕的少年，散落到了她再也找不到的地方，永不在。而那些没被读懂的情愫，终究还是被无情的时间洪荒一并卷走。

从此，天涯陌路。

【七】

丁青姑娘没有再来过我的店。赵薇的电影《致青春》上映的时候，我忽然想到了她。在别人谈论郑微和陈孝正如何如何的时候，我却只记得那个老张。老张在那部影片里面说："你知道满天星的花语吗？是甘做配角，每次我怀揣着对你的爱就像怀揣着赃物的贼……"

老张的爱情就像是在演一场独角戏，没有观众，没有开始，甚至没有结果。在每个夜深，偷偷地忧伤、欢喜，即使过去多年，依然在心里有那个人的位置。这就是青春，来不及追赶，就葬在心里。

那么像当初的丁青姑娘，那样深沉而又卑微地爱着一个人。

后来她很久没有再写日记。而日记的最后一页，她最终写的两个字是：不悔。

"到最后才发现，我爱的，只是我一个人想象的爱情，与他无关。可是，他却成为我心底的刺青，在我的心里青着，一青多年。陌上花开似锦，猛虎细嗅蔷薇，所有的疼痛终于回去，才蓦然发现，那青春里所有的过往，即使是疼，即使是碎，仍然美到心惊。"

"青春里有两个字一直闪烁着，却原来是：不悔。"

—— 2014.2.21　摘自《丁青日记》

【后记】

故事最初写出来的时候，我把它放在了网上。有一天，有位先生来到我的小店，样子有些眼熟。他喝了很多很多的酒，胡子拉碴也挡不住棱角分明的面庞，嘴角带着一丝苦笑。

他说："我从来不知道，她会那么喜欢我，喜欢我那么久。可我怎么会不喜欢她呢？可是，她是阳光，我是乌云，我不该遮着她。我有过很多女朋友，可最后都分开了，有些名字我甚至都忘了，可我一直记得她。我不去打扰她，是我怕伤害她。

"最初，我是喜欢她的。后来，她没有给我答复，是我以为她不喜欢我，而那时，我不忍心拒绝别的女孩子的告白，然后，有了第一个女朋友，分手以后，又有了第二个、第三个……就在我渐渐忘记丁青姑娘的时候，另一个姑娘闯入了我的世界，我喜欢她，就像当初喜欢丁青姑娘一样。可是，这段爱恋最终也没有开花结果。

"大学的时候，丁青姑娘在我身边，可我忽然就没了从前的勇气。她太单纯，太善良，不掺一丝杂质。我给不了她一个永远的承诺，我怕我们在一起之后，如果走向了分手，只会给她带来更大的伤害。可是，我没有想到，她会喜欢我这么久，带着满满的勇气。如果我早一点知道，我一定拼命爱她。她是个好姑娘，我一直都知道。"

我没有再说话。其实他没有错，他的爱太浅，而她的爱太深。说到底，都是命运的捉弄。我于某年某日看了一场电影《霍乱时期的爱情》，里面有一句台词是这样说的：我死之前唯一的遗憾是，我没能为爱而死。

我想了好久，终于提笔把他们写进了我的故事里。在故事里，丁青姑娘曾经那么爱着长弓先生。而在现实的空间里，她也终于将他忘记。

执念：

桃子姑娘
与苏禾先生

　　那天晚上，我关上了"树洞"小店的门准备回家。天空忽然好像被人撕裂了一道口子，伴随着电闪雷鸣，下起瓢泼大雨来。

　　我拦了一辆出租车，司机竟然是一位年纪并不大的姑娘，似乎不是本地人，普通话里还夹杂着些家乡的味道。她问了我要去的地点，然后发动车子。路过交叉口的时候，刚好是红灯，她忽然扭过头来对我说："姑娘，你看一下前排椅背贴着的照片，你见过这个人没有？"

　　因为太黑，我竟然一直都没有注意，前面座椅的背后果真贴着一张照片。照片上是一位先生，脸上有着羞涩的笑容，身穿着并不太合身的西装，看样子像是在照相馆里照的。

我仔细看了看，却并不认得。于是只能对她说了声"抱歉"。她似乎已经习惯了，说自己并不在意，可我分明还是看到了她眼底的一丝失望。

她说，她来这座城市开出租车已经三年了，而目的是为了找一个人。忽然觉得我们好像是同一类人，她是为了找一个人，而我开"树洞"小店是为了等一个人。

到了目的地之后，临下车的时候，我对她说："如果不介意的话，可以把你的故事讲给我，我把它写出来放在网上，或许会对你找到他提供一点帮助。"

她点了点头，开车走了。

大约过了许多天，一天晚上，我刚想关门的时候，她走了进来，从包里拿出一沓信说："我想把我的故事讲给你听。"

这就是桃子姑娘与苏禾先生的故事。什么是爱，对于桃子姑娘而言，爱或许就是一种执念。怨憎恨，爱别离，求不得。她把自己困在里面，如同走迷宫一般绕圈，不是她找不到出口，而是她不愿意出来。

【一】

桃子姑娘说，她和苏禾先生出生在一个普通的小镇上。他们上中学的时候相爱，然后就一直在一起。在教室里，在操场上，在每天放学回家的路上，总是能看到他们吵吵闹闹、追追打打的身影。他们彼此互相陪伴，度过了整个青春时光。

那时候，他们的学习成绩都不好，苏禾先生很爱看武侠，每次上课的时候，总是埋头躲在高高的书摞后面看那些江湖世界里面的爱恨情仇。他总是幻想自己是一名潇洒的侠客，与桃子姑娘执手，乘一叶扁舟，一箫一剑，浪迹天涯。

学生时代的生活无忧无虑，他们那时最喜欢的就是去高高的山上，站在整片的向日葵花丛里，从山顶往下看，俯视整个城市。在大太阳下，两个人吃五毛钱一根的冰棍都能开心好久。

可最终，太阳晒化的不只是他们来不及吃完的冰棍，还有他们来不及握住的一闪而过的青春。

在班级里，他们都不起眼，所以也没有人注意他们。高考结束的那天，他们都很沮丧。苏禾先生从考场出来，花了五块钱，买了一张游泳票，在游泳池里待了一个下午，明晃晃的太阳下，他第一次哭了。

那是桃子姑娘和他在一起那么久，第一次看到他那么难过。

或许这就是成长的代价，从前的他们太贪玩，荒废了学业，而这时候的伤心与后悔也已经于事无补了。

桃子姑娘说，成绩出来的那一刻，其实他们都已料到，分数很低，根本上不了大学。就是这样一纸薄薄的成绩单，潦草地为他们兵荒马乱的青春画上了句点。

【二】

没有上大学的他们过早开始体验大人的生活，后来苏禾先生当了一名出租车司机，而桃子姑娘在一家餐厅当端盘子的服务员。苏禾先生说，他要努力赚钱，他的梦想是和桃子姑娘一起开一家小餐馆，然后他是老板，桃子姑娘是老板娘。

可是，在这座小城镇里开出租车挣不了多少钱，他们每月赚的钱仅仅够日常的开支。那一次，苏禾先生开车不小心撞上了一辆豪车，虽然只是擦掉点皮，可是对方却不依不饶让他们赔偿。而赔偿金额对于没有一点存款的他们来说简直就是天文数字。

他们一时拿不出那么多钱，苏禾先生脸皮薄，不愿意向别人借钱，可是也没有别的办法。桃子姑娘瞒着他找老朋友旧同学借钱，凑够了这笔钱。或许这是他们第一次意识到对于生存来说，钱有多重要。

苏禾先生那天晚上喝得烂醉。第二天一早，他瞒着桃子姑娘，拿了二百块钱，买了一套并不合身的西装，在镇上照相馆里拍了一组照片，留下其中一张照片和一封信，悄悄离开了他们一起居住的出租屋。

他在信中说：亲爱的桃子，遇上你是我长这么大最开心的一件事。我想要给你更好的生活，我要去那座繁华的大城市闯出自己的一片天地，你在这里等着我。

桃子姑娘握着信和那张照片，含着泪说："我等你。"

苏禾先生走了以后，桃子姑娘辞掉了服务员的工作，她去学了驾照，开起了苏禾先生的出租车，一个人慢慢还掉了当初借的钱。

我想，她当初一定生活得很艰难，可是现在描述当时的场景的时候，她脸上一阵风轻云淡。

【三】

在苏禾先生离开的第38天，桃子姑娘收到了他寄来的信。他在信里说：桃子，我很想你，这里的一切对于我来说都是那么陌生，我找不到一个真正属于我的地方。我该怎么办？

第79天：我打算回去了，桃子，我成不了能让他们看上的那种人，看来只能这么普普通通了。我真的很没用，或许不能给你想要的生活，是不是你也觉得我很没用啊？

第121天：我快回去了，桃子，多多少少，我可以算是一个有用的人了，我挣了一些钱，我已经能够看到我们未来餐馆的样子了。你会原谅我当初的不告而别吗？

237天：我和以前不一样了，桃子。昨天我从电视上的天气预报里看到了咱们的家乡，我突然一下子就哭了。天气预报说，这几天很冷，你要注意保暖。你还在等我吗，桃子？

365天：告诉你一件事，桃子，差一点就变成了事实。今天早上我去了机场，我站在大厅里，那一刻思念像一条在草上爬行的蛇。我突然决定回去。我买了机票，过了安检，一直走到登机口。最后我还是出来了，机票钱退了一半。我多想回去啊，你知道吗？

而最后一封信是在他离开的第521天，只有一句话：别等我了，桃子。

信到了这里，就戛然而止了。从那以后，桃子再也没有收到过他的消息。她不知道发生了什么，也不知道苏禾先生在哪里，她唯一知道的就是他在这座城市里。

于是，她决定来找他。她干起了他从前的职业，当了一名出租车司机，她把苏禾先生的照片贴在出租车上面，每遇到一个人，她都会问，有没有见过她的苏禾先生。就这样，她找了他整整三年。

我对她说："这样找一个人无异于大海捞针，你能找他多久？"

桃子姑娘坚定地说："一辈子。无论怎样，我总会找到他。"

我感动于桃子姑娘的执着，于是把他们的故事写了出来放在网上，可是依然如同石沉大海一般，没有任何消息。渐渐地，我也快要忘了这件事情，忘了桃子姑娘曾经找过我。

【四】

八月十五中秋节，我的表姐在医院里生了一个宝宝，我高兴极了，关了小店的门就去看她。

在医院走廊里，我无意间看到一个人，穿着工服，头发很乱，脸上焦急紧张的样子，坐在椅子上不停摩挲着双手，似乎在等待未出生的孩子。

　　我去看病房里的表姐和刚出生的宝宝，宝宝粉嫩可爱，甚是让人喜欢。忽然我脑海里浮现出一个人的影子，我连忙走出来，到走廊里，看着那位先生问："你是不是叫苏禾？"

　　他很惊讶，一直看着我，仿佛在回忆我们是否在哪里见过，然后犹豫着点了点头，说："我是苏禾，请问你是……"

　　竟然真的是他，我忽然很愤怒，一时没忍住，提了嗓门问他："你知不知道有个姑娘找了你三年？"

　　旁边的护士喊住了我们，提醒说要保持安静。于是我把他拉到外面，对他说："桃子姑娘还在等你，她来到这座城市已经三年了，一直在找你，你还不知道吧？"

　　他的脸上闪过一丝惊讶，然后接着又转化为悲伤。我一股脑把这些年桃子姑娘的心酸说给他听，可他只是怔怔站着，一直不说话。

　　最后，我说累了，停了下来。他才开口，小声说道："你能不能替我跟她说，不要再继续找我了。"

　　我把随手提着的包包扔到他身上，说："我从来没有遇见过像你这么软弱的男人，你自己的事情，你自己和她说去吧。"

　　他弯下腰，捡起我的包包递给我，我迟迟没有接过，因为我分明看到他的右手指少了两根。可那天桃子姑娘给我的相片中，苏禾先生有着纤细瘦长的手指。我忽然觉得很吃惊，或许他一直生活得并不好，或许他也是一个可怜的人。

他说："我已经结婚了，孩子也马上要出生了。我不想伤害桃子，让她嫁个好人家吧。"

医院里忽然传出了孩子的哭声，他听到以后，来不及跟我告别便转身跑进了病房。

我一个人走在四下无人的街，满腹心事。到底要不要告诉桃子姑娘这件事情呢，我不想看到她伤心。可是如果继续隐瞒下去，恐怕她只会受到更大的伤害。思前想后，我还是决定把这些都告诉她。

【五】

我找到了桃子姑娘，把我在哪里看到的苏禾先生，他结婚了，有小孩了，统统都告诉了她。她在我对面，两行泪水不停地流，那天晚上似乎整个小店的纸巾都用来给她擦眼泪了。

她说："我本不是这样爱哭的人，从前无论我遇到什么样的困难，我都会忍，可是现在，我忍不住了。"

我安慰着她说："没关系，哭出来吧，哭出来或许会好一点。"

桃子姑娘离开了。她最后一次来找我，是提着行李箱。她说，她现在不当出租车司机了，她不属于这座繁华的大都市，她想要回到家乡那个小镇上。

我目送她离开，之后很久，我也没有听过她的消息。直到那天，她忽然打电话给我说，她马上要结婚了，对方是一家小餐馆的老板。

我想，我应该要祝福她的。苏禾先生已经成了过去，他娶了别的姑娘，而她也即将嫁给别的先生。

婚礼的前一天，我在小店里准备着红包，决定去参加桃子姑娘的婚礼，见证她的幸福。

忽然，一位先生踌躇着打开了"树洞"小店的门，走进来，我看着他，是苏禾先生。

他有些手足无措，我招呼他坐下来。他低下头然后又小心抬起来，说："我听说明天是桃子的婚礼，我给她准备了一个红包，你能不能替我交给她？别说是我送的。"

我对他说："你们现在已经没有关系了，你又何必多此一举呢？"

他忽然语塞，过了许久才缓缓说出："其实，我没有结婚。"

我惊异地看着他，他开始一点一点向我讲述他的这些年。原来从前，我误会了他，桃子姑娘她，也误会了他。

【六】

苏禾先生刚到这座大城市的时候，没有学历，没有技术，也没有朋友，一直没有找到工作。后来，他去了建筑工地，成了一名普通的农民工。虽然辛苦，但是薪水比起从前开出租车的时候还是高了很多。

他很努力地工作，赚的钱都舍不得花，每日三餐大多都是馒头咸菜凑合着吃。他也一直在憧憬着与桃子姑娘的未来，等他在这里待上几年，然后就回去和她一起开一家餐馆，这个梦想一直支撑着他度过了许多艰难的时日。

可是后来，意外发生了。在一次施工事故中，苏禾先生失去了两根手指，他忽然觉得，自己成了残废，配不上桃子。

雪上加霜的是，包工头拿着农民工的血汗钱跑了，他们去找建筑公司要钱，可是没有人理他们。一直很照顾苏禾先生的大哥因为工钱的事情与人发生争执，被抓进了派出所。

后来才知道，大哥的孩子要出生了，这笔钱是救命钱。于是他和工地上的朋友一起凑了一笔钱，他把钱交到医院里，并一直照顾着大嫂直到孩子出生。

可是，他没有了钱，又少了两根手指，他不敢再去见桃子，他给不了她想要的生活。

我对他说："你自以为这样对她好，或许桃子不会嫌弃你，就算是这样，她也仍然愿意跟你在一起啊。"

可苏禾先生摇摇头说："她愿意，可我不愿意，我就是一个没用的人，我不想让她跟着我受苦。"

苏禾先生留下了一个沉甸甸的红包和一封信走了。他托我把红包交给桃子姑娘，至于那封信，他说，就留在我这里，就让它成为被时光掩埋的秘密吧。

我目送他走出去，从远处看着他的背影，瘦小单薄，步履蹒跚，分明二十多岁的年纪却连背都有些微驼。

【后记】

我参加了桃子姑娘的婚礼，在她的房间里等待新郎来接新娘的时候，我把那个红包偷偷塞进了她的抽屉里。

那天晚上，我回到了"树洞"小店，在昏黄的灯光下，拆开了苏禾先生留给我的那封信。

上面写着：桃子，我做到了，去开家餐馆吧。也许我很快会回到你身边，也许我回不去了。万一我要是真的回不去的话，这些就算我留给你的吧。你要是哪天想我了，就看我给你写的信，一共是五十四封。

我的泪水流了下来，原来，他是这么深爱着她。可他不知道的是，早在很久之前，桃子姑娘就当着我的面，把从前他写给她的信，悉数烧毁了。

"树洞"小店的歌忽然随机播放到杨宗纬的《一次就好》。

想看你笑

想和你闹

想拥你入我怀抱

上一秒红着脸在争吵

下一秒转身就能和好

不怕你哭

不怕你叫

因为你是我的骄傲

一双眼睛追着你乱跑

一颗心早已经准备好

一次就好我带你去看天荒地老

在阳光灿烂的日子里开怀大笑

在自由自在的空气里吵吵闹闹

你可知道我唯一的想要

世界还小我陪你去到天涯海角

在没有烦恼的角落里停止寻找

在无忧无虑的时光里慢慢变老

你可知道我全部的心跳

随你跳

　　我总是在想，如果能重来，该有多好。苏禾先生会带桃子姑娘去看天荒地老，哪怕一次就好。

　　可惜，没有如果。

　　阿沅姑娘是个十分可爱的姑娘。她个子不高，瘦瘦小小的，可当她走进我的"树洞"小店的时候，我却觉得她身后仿佛带着光芒。

　　她很爱笑，总是咯咯地笑，笑的时候脸庞有两个很深的酒窝。我很喜欢和她聊天，一个不好笑的笑话也能把她逗得乐上半天。

　　我以为这样一个乐观开朗的姑娘，背后的故事肯定很美好，充满了温馨。可当她讲完自己的故事的时候，我才发觉，她最难能可贵的是，无论遇见多么困难的事情，她都能笑着去面对。

　　她说，她最喜欢的歌是周杰伦的那首《稻香》，它陪着她度过了许多困难的时刻。

对这个世界如果你有太多的抱怨

跌倒了 就不敢继续往前走

为什么 人要这么的脆弱 堕落

请你打开电视看看

多少人为生命在努力勇敢地走下去

我们是不是该知足

珍惜一切 就算没有拥有

还记得你说家是唯一的城堡

随着稻香河流继续奔跑

微微笑 小时候的梦我知道

不要哭让萤火虫带着你逃跑

乡间的歌谣永远的依靠

回家吧 回到最初的美好

不要这么容易就想放弃 就像我说的

追不到的梦想 换个梦不就得了

为自己的人生鲜艳上色

先把爱涂上喜欢的颜色

笑一个吧 功成名就不是目的

让自己快乐快乐这才叫作意义

童年的纸飞机 现在终于飞回我手里

所谓的那快乐 赤脚在田里追蜻蜓追到累了

偷摘水果被蜜蜂给叮到怕了

谁在偷笑呢

我靠着稻草人吹着风唱着歌睡着了

哦 哦 午后吉他在虫鸣中更清脆

哦 哦 阳光洒在路上就不怕心碎

珍惜一切 就算没有拥有

　　听完她的故事后，脑海里忽然闪现出我非常喜欢的宫崎骏的一部电影《侧耳倾听》。里面的月岛雯说："因为圣司一步步走得好快，我好想跟上他的脚步。我好害怕，好害怕。因为你，我想成为一个更好的人，不想成为你的包袱。因此发奋努力，只为了想要证明我足以与你相配。"

　　这就是阿沅姑娘与杉木先生的故事，一个讲述寻爱与蜕变的故事。他们最后没有在一起，可他们之间的故事，却没有因此结束。那么多年的喜欢，让他们之间拥有了更紧密的联系，比情人饱满，比朋友扎实，那就是羁绊。

【一】

阿沅姑娘和杉木先生是邻居，两家世代交好，他们生活在一个普通的小乡镇里，从小一起长大。他们是穿开裆裤的交情，可阿沅姑娘说，他们之间并没有变成青梅竹马，而是成了竹马与竹马。

阿沅姑娘从小很霸道，是家里那一片的孩子王，指挥一群孩子掰田里的玉米，挖地下的红薯。她谁的话都不听，就只听杉木先生的。

而她告诉我原因的时候，我却忍不住笑出眼泪来。她说，有一次她摘别人家的葡萄吃，被那家看门的黑狗追着跑，幸好遇到了杉木先生，把那条黑狗赶跑了。

从此以后，阿沅姑娘就视杉木先生为救命恩人，他们在一起像电视剧里那样拜了把子，嘴里说着有福同享、有难同当，不求同年同月同日生，但求同年同月同日死。是的，他们混成了哥们。

　　而女孩儿和男孩儿最不同的就是，女孩儿往往比同龄的男孩早熟。阿沅姑娘渐渐发现，她跟杉木先生说话的时候，竟然有时候会脸红，这让她吓了一大跳。

　　她也发现她与杉木先生不一样了，而且，杉木先生好像突然就长得比她高了很多，她和他说话需要仰着头，仰得久了脖子就酸了。于是，每次她总是走在道旁的平台上，让杉木先生走在路下面，然后他们还是一样高。

　　母亲说，阿沅姑娘长大了，不能像个男孩子一样淘气，要有女孩子的样子。于是阿沅姑娘第一次穿了裙子。她忽然好想让杉木先生看看，她其实也是个很美丽的姑娘。

　　可杉木先生第一次看到她穿裙子的时候，就像看到外星人一般，笑得岔了气。为此，她一个星期都没有理他。

　　后来杉木先生送给她了一只小狗，她才原谅了他。她给小狗起了个名字，叫笨笨。她说，杉木先生，你就是个大笨蛋。

【二】

　　杉木先生其实是个学习很用功的孩子。他有着自己的理想，他想要到外面的世界去看看，他说，那里一定很精彩。

　　阿沅姑娘知道以后，也不再像以前一样淘气了。她总是搬个小板凳去杉木先生的院子里一起写作业。她觉得杉木先生的脑袋里就像是装了一个诸葛亮的锦囊，她每次遇到不会的问题，杉木先生总能巧妙地解答出来。

　　他们一起努力，最后成为镇上为数不多的考到市里中学的学生。只不过杉木先生考进了重点班，而阿沅姑娘则被分到了普通班。

　　他们没有在一个班级里，见面的日子也就少了。唯一令阿沅姑娘高兴的是，每隔两周，他们会一起坐公共汽车回家。可路上的话题总是离不开学习。偶尔阿沅姑娘也会旁敲侧击地问杉木先生，有没有喜欢的女孩子，可是杉木先生总是摇头。

　　他没有说谎。阿沅姑娘说，那个时候的杉木先生就真的像一根木头，对于他来说，数学永远比其他事情更有趣。他说，当他每次花半天时间解出来一道题目，心里就会有一种说不出来的满足感。

　　阿沅姑娘越来越不懂他，她好想看看杉木先生的脑袋里装的都是些什么，这世上怎么会有人喜欢数学的，而她自己的数学尤其差。

　　她想一直跟着杉木先生走，可是，她觉得自己越来越跟不上他的脚步了。从前，他们好像在同一条起跑线上，杉木先生在前面跑，她在后面追。可现在，杉木先生好像忽然脚底生风一般飞走了，无论她怎样追也追不到了。

而事实的确如此。高考成绩出来以后，光荣榜上，杉木先生的名字赫然出现在前列。而阿沅姑娘的成绩惨不忍睹，距离二本分数线还差了几分。三本的学费很贵，阿沅姑娘是个懂事的姑娘，她不想让原本并不富裕的家庭再为她上学花这么一大笔钱。于是最后报了一所大专。

阿沅姑娘与杉木先生终于还是分开了。临别前，阿沅姑娘送给了杉木先生一本《追风筝的人》。这本书里面有一句话："为你，千千万万遍。"这是一个孩子对另一个孩子的忠诚表白，为了阿米尔，哈桑愿意做千千万万的事情。哈桑出生以后叫的第一个人名是"阿米尔"，意味着他将阿米尔当作生命中最重要的人，他心甘情愿地为阿米尔做任何事情。

阿沅姑娘觉得，自己就是哈桑，而杉木先生就像是阿米尔，她会为他，做千千万万的事情。

【三】

后来，他们各自拉着行李箱，乘着火车去了不同的地方，开始彼此新的人生。

上了大学以后，他们的联系渐渐少了。每次阿沅姑娘跟杉木先生打电话，他十有八九都是有事在忙，忙着参加竞赛，忙着加入社团，忙着刻苦学习争取奖学金。偶尔有空的时候，聊天的内容也是阿沅姑娘不懂的话题。阿沅姑娘知道，她与他的距离越来越远了。杉木先生越是优秀得闪闪发光，她就越是自惭形秽。

可她不甘心，她想靠自己的努力离杉木先生近一点。她开始很努力地学习，整天都泡在图书馆里面，与周围大学生们放纵自己的青春相比，显得格格不入。

她不在乎别人的眼光，一个人吃饭，一个人走路，一个人唱歌，一个人自习。

两年后，阿沅姑娘考上了专升本，考到了杉木先生所在的城市。她是突然出现在杉木先生面前的，她想给他一个惊喜。她以为杉木先生会感动，可是，杉木先生只是对她说："你挺厉害的啊，还是考到本科更容易找工作一点。"

她点点头，想，杉木先生这根木头还是没有开花吗？

　　两年的本科生活很快结束了。阿沅姑娘毕业了，而杉木先生因为成绩优异，被保送到了北京大学深圳研究生院。

　　阿沅姑娘知道以后，偷偷一个人坐上了去深圳的列车。在车上，她一直单曲循环周迅的《外面》。歌里唱着，我离开，永远都不再回来。

　　　　外面的世界很精彩

　　　　我出去会不会失败

　　　　外面的世界特别慷慨

　　　　闯出去我就可以活过来

　　　　留在这里我看不到现在

　　　　我要出去寻找我的未来

　　　　下定了决心改变日子真难挨

　　　　吹熄了蜡烛愿望就是离开

　　　　外面的世界很精彩

　　　　我出去会变得可爱

　　　　外面的机会来得很快

　　　　我一定找到自己的存在

　　　　一离开头也不转不回来

　　　　……

【四】

刚开始在深圳的时候，日子真的很难熬。她在那里没有亲人，没有朋友，没有同学。自己一个人租房，一个人吃饭，一个人每天挤地铁去找工作。被别人欺骗过，也被别人嘲笑过。奔波了很久之后，她终于在一家小公司里当了会计，而每月的薪水仅仅够租房和日常的基本费用。

在业余时间里，她决定考注册会计师。别人都讽刺她，不可能考上，可她偏偏不认命。而她本就不是一个非常聪慧的姑娘，在那个不足二十平方米的出租房里，她每天工作完之后，疯狂地背那厚厚的五撂书。

她说，那一段日子真的很辛苦。天不亮就起床，本来在公司加班已经很累了，可是回到家里，还要看那些枯燥无味的书。她不止一次想过要放弃，可最终还是忍住了。支撑她的，就是那首《稻香》。

她一直觉得，她和杉木先生是能回到最初的美好的。她不想这样平庸地生活，她努力想跟上杉木先生的脚步，她想让他知道，她足以与他相配。

最终花了两年的时间，她证明了自己，或许有时候努力比天赋更重要，又或许命运也开始垂青这个努力的姑娘，幸运的是，她考上了。这期间，她跳槽到越来越大的公司里面，职位越来越高，有了可观的收入，也有了属于自己的小房子。

她觉得她和杉木先生的距离不是那么遥远了。她决定去找杉木先生，想跟他说，正是因为他，她才变得如此优秀。

她给他打电话说："我到你们学校了，有事儿要跟你说。"可是那天，来接她的却是两个人。隔着很远的距离，她就看到了，杉木先生和另一个姑娘抱着一沓资料，有说有笑地向她走来。

她在远处怔怔看了很久，觉得他们是那么般配，天造地设的一对儿，而她自己无论如何改变，骨子里还是那个平凡的灰姑娘，永远变不成童话里美丽的公主，也遇不见英俊的王子。

杉木先生对阿沅姑娘介绍说："这是我的同学。"跟那个姑娘介绍说："这是我的好哥们儿。"

中午三人一起吃饭的时候，她在饭桌上丝毫插不上嘴，他们讨论的话题也与她无关。她越发觉得自己就是多余的那个人。

中途那个姑娘有事先离开了。杉木先生问阿沅姑娘："这个姑娘要是做我女朋友怎么样？"

阿沅姑娘忍住了异样的情绪，笑着说："挺好的啊，你小子桃花运不浅啊，赶紧追到了请我喝喜酒吧。"

很奇怪的是，杉木先生没有再说话。这一顿饭吃得也相当尴尬。她不记得他们后来都说了些什么，好像是祝福他们的话语吧。

回到家之后，阿沅姑娘没有哭，只是忽然觉得有些伤感。杉木先生的脑袋终于开了窍，铁树上也开出了爱情这朵花。只是他的爱情不属于她。

【五】

后来，阿沅姑娘所在的公司有一个去美国学习的机会，她申请成功了，一个人去了美国。她没有提前告诉杉木先生，而是等飞到了美国之后，她才对他说，我一切安好，勿念。

阿沅姑娘笑着跟我说，她很感激杉木先生。他就像是指路灯，一直在前面引领着我。如果没有他，或许我会像小镇上其他姑娘一样，早早嫁人，早早生子，一辈子就守在那里，永远不可能走出来，看外面的世界有多精彩。

她说起她一直很钟爱的电影《初恋这件小事》。里面的小水姑娘为了阿亮学长，一步一步改变着自己。她说，阿亮学长就像我生命中的灵感，他让我了解爱的积极意义，他就是我一直前进的动力，让我有了今天的成绩。

电影的结局是美好的，阿亮学长说，他一直在等小水姑娘从美国回来。可是，现实生活里的阿沅姑娘，却最终也没有等来她的杉木先生。

如果故事到这里结束了，或许我就不会对故事的结局唏嘘不已、耿耿于怀。

可是，现实总是那么残酷。或许你原本受的那些伤已经结痂，可是它却非要生生把那些伤口撕开，让你忍受撕心裂肺的痛。

【六】

阿沅姑娘说，杉木先生结婚前，她特意飞回来参加他的婚礼。就在婚礼的前几天，杉木先生喝得酩酊大醉，来找过她一次。于是，后面关于杉木先生的故事也逐渐显现出来。

是的，杉木先生要结婚了，新娘也是从前阿沅姑娘见过的那个姑娘。一切都已经准备妥当，包括美丽的婚纱照、结婚的钻石戒指和贴满喜字的新房。

杉木先生在搬家的时候，把从前的东西悉数整理了一下。在整理书架的时候，那本《追风筝的人》不小心掉了出来。这本书他随身携带了很多年，也翻看了很多遍。书的封面已经有些发黄，他捡起它来，忽然，从书皮的夹层里掉出来一张相片。

他一直对那本书小心呵护、妥善收藏，却从来都没有发现过里面竟然夹着这样一张相片，是那年夏天，十五岁的阿沅姑娘与杉木先生，在镇里的照相馆拍的相片。相片上的他们笑得很灿烂，就像是天边刚刚升起来的太阳一样，散发着青春的活力。

那是齐耳短发的阿沅姑娘，眼睛眯成了一条缝，脸庞有两个深陷的酒窝。那时候他们刚刚考上市中学，去照一寸照片的时候，顺便拍了一张合影，可是照片洗出来就只有一张，阿沅姑娘抢过来把它拿走了。

如今看来，这张相片竟然颇有些像结婚照。杉木先生抚摸着它，忽然感受到了凹凸感，是的，背面有字。他翻过来，果然是熟悉的阿沅姑娘的字迹。

上面写着，阿沅爱杉木，很爱很爱。落款日期是2002年8月31号。

忽然，房间音响里随机播放到周杰伦的那首《蒲公英的约定》。阿沅姑娘有一段时间很喜欢周杰伦，可杉木先生不喜欢。而在阿沅姑娘离开以后，他才开始听周杰伦的歌，一首接着一首。

　　空荡荡的房间里回响着歌声，一字一句，第一次在杉木先生的耳朵里变得格外清晰。

　　　　小学篱笆旁的蒲公英

　　　　是记忆里有味道的风景

　　　　午睡操场传来蝉的声音

　　　　多少年后也还是很好听

　　　　将愿望折纸飞机寄成信

　　　　因为我们等不到那流星

　　　　认真投决定命运的硬币

　　　　却不知道到底能去哪里

　　　　一起长大的约定

　　　　那样清晰

　　　　打过钩的我相信

　　　　说好要一起旅行

　　　　是你如今

　　　　唯一坚持的任性

在走廊上罚站打手心

我们却注意窗边的蜻蜓

我去到哪里你都跟很紧

很多的梦在等待着进行

一起长大的约定

那样真心

与你聊不完的曾经

而我已经分不清

你是友情还是错过的爱情

杉木先生忽然跌坐在地上，抱着那本书，哭出声来。可是，他们终究回不去了。

【七】

一直以来，他都不愿意直视自己的感情，一门心思放在学业上，他想要去摆脱小城镇的生活，到外面的世界去闯荡。想要通过自己的努力改变自己的命运，想要有一天功成名就、衣锦还乡。

他喜欢阿沅姑娘，只是他自己不知道，他们之间太熟悉了，他对她没有过心动的感觉，只是有她在身边，会觉得心安。他分不清楚，他对阿沅姑娘到底是哥们儿一样的感情，还是矢志不渝的爱情。

直到那天，他对阿沅姑娘说，我想要追另一个姑娘。他想听她说，你不要喜欢她，我会吃醋的。可是阿沅姑娘只是笑着说，祝福他们。

他忽然觉得没来由地失落。他不知道阿沅姑娘到底喜不喜欢他，他想，或许阿沅姑娘也只是把他当作好朋友，一起长大的好朋友。他最初不敢表白，害怕会打破这份平静，害怕阿沅姑娘拒绝他之后，两人之间会产生嫌隙。

后来他又不能表白，他在学业上耗了太久，当他知道阿沅姑娘越来越优秀的时候，他为她高兴，可同时又觉得自己无能。他没有经济能力，没有收入来源，那时的他没有能力许诺给阿沅姑娘一个美好的未来。

他想，再等一等吧，再等一等，等到他事业有成的时候，等到他可以让阿沅姑娘过上好的生活的时候，再向她表白。

可后来，一切终于没能来得及。当这份爱还没有发芽的时候，阿沅姑娘就去了美国。她说，她过得很好，不需要别人打扰。她说，她一切安好，勿念。

他以为，阿沅姑娘或许真的是把他当成朋友，于是他渐渐在心里把这份爱用沙土掩埋。杉木先生毕业以后，那个姑娘放弃了待遇优厚的工作，一直陪着他艰苦创业。他也渐渐有了自己的事业，成为别人眼中的成功人士。

可是他没有想到，阿沅姑娘喜欢他，从很久很久之前就喜欢了。只是他太笨，从来都没有察觉到这份感情。

阿沅姑娘笑着对他说："那些已经不重要了。我现在生活得很好，要不是你，我或许也不会那么努力，也不会像现在这么优秀。她是个好姑娘，一个值得你爱的好姑娘，你要好好爱她。"

【后记】

我忽然感慨："你们之间一直友达以上，却恋人未满。明明都有感觉，却最终到不了爱情。"

阿沅姑娘对我说："因为我爱的人是他，所以我努力让自己变得更好，努力做一个善良的人，努力热爱每一天的生活，努力用积极的态度面对挫折。

"因为他，我从一个自卑的人变成一个自信的人；因为他，我明白了追逐梦想的感觉；因为他，我觉得自己变得更美丽。而我现在生活得很好，他曾经喜欢过我，我其实很开心。虽然我们没有在一起，但那些回忆是谁都抹不掉的。"

我对她说："从前我听过很多故事，故事里有许多种爱情，有的浪漫动人，有的缠绵悱恻，有的沉沦痛苦，有的细水长流，但我相信再没有任何一种爱情能比你所得到的更好，你的爱情让你更爱生活，更爱自己。"

隔了几个月，阿沅姑娘发消息给我，她又回了美国。她发来了那边的照片，天空是我们这里没有过的蓝，红色房子前是阿沅姑娘在门前遛狗，照片里的她一如从前，笑得那么灿烂。

这时候，"树洞"小店里播放的音乐正好是那首耳熟能详的《外面的世界》。阿沅姑娘祝福杉木先生，而我在这里祝福阿沅姑娘，未来总会有一人，爱她如生命。

　　在很久很久以前

　　你拥有我 我拥有你

　　在很久很久以前

　　你离开我 去远空翱翔

　　外面的世界很精彩

外面的世界很无奈

当你觉得外面的世界很精彩

我会在这里衷心地祝福你

……

第二辑

爱错了，又如何？

无期：
肆夕姑娘
与深陷先生

这个月份的天气似乎总是多变，明明前一刻还是晴天，这一秒却淅淅沥沥下起雨来。你说，每个人见到雨都躲，雨会不会很寂寞。我透过窗，看着外面，有个姑娘，似乎比雨还寂寞。

她没有带伞，躲在对面的屋檐下，抬头似乎看到了我的小店，若有所思。雨似乎一时半刻是停不下来的，于是，她走了过来，推门而入。我招呼她坐下，给她沏了一杯咖啡。

她问："你的店名是'树洞'，是《花样年华》里周慕云和苏丽珍的故事吗？"我很吃惊，很少有人知道这个名字的含义，而她是第一个说出来的。

我们聊了很久，从《阿飞正传》聊到《东邪西毒》，从《重庆森林》聊到《2046》，大有相见恨晚的意味。我们同样喜欢哥哥张国荣，同样喜欢王家卫的电影。

许久，雨仍不见停。她皱了皱眉说："我这里也有一个故事，你要不要听？"

我笑着说："当然。"

肆夕姑娘说："我想最难过的事情不是遇不见，而是遇见了，却又匆忙地失去。然后心上便因此纠结成了一道疤，它让你什么时候疼，就什么时候疼。"

这就是肆夕姑娘与深陷先生的故事，一段很短暂的爱情往事。

最好的青春应该浪费在对的人身上。不用担心随时会失去，可以撒娇耍泼，任性随意。即使爱错了人，也不用为此埋单，也不用顾影自怜。那句话怎么说来着，爱对了是爱情，爱错了的话，人生那么长，谁还没爱过几个人渣。就算不是，也当他是人渣吧。

【一】

肆夕姑娘大一的时候，因为异地恋，高中相恋多年的男朋友劈腿，分了手。那是她的初恋，为此肆夕姑娘萎靡不振了好久。后来无意中看到了那样一句话，你现在的单身就是为你的前任守寡。于是她满血复活，准备谈一场轰轰烈烈的恋爱。

可事实是，一直到大学生活过了一半，肆夕姑娘也没有找到男朋友。你会想她是不是个丑姑娘，可是，事实并不是这样。肆夕姑娘有着好看的眉眼，笑起来眼睛弯得像个月亮，尤其好看。

而找不到男朋友的原因有两个：一是因为宅，肆夕姑娘其实是个好姑娘，在逃课泛滥的大学里也从没有逃过一节课，而一下课就回到寝室看那些悲伤的电影和令人沉迷的小说，沉浸在别人的故事里感动流涕；二是因为许多人以为肆夕姑娘有男朋友，这样美好的姑娘在大学这个满眼都是情侣的地方竟然落了单，所以每次肆夕姑娘说自己单身的时候，周围人总觉得不可思议。

噢，忘了说了。还有最最重要的原因是，肆夕姑娘身高175cm，偏偏读的又是一所文科大学，男生本来就少，比她高的男生就更少了。若是还想找个长相还看得过去的，似乎难于登天。

于是肆夕姑娘每次去KTV必点的歌，就是那首烂大街的《单身情歌》，似乎唯恐天下人不知道她是一个单身狗。

找一个最爱的、深爱的、想爱的、亲爱的

人来告别单身

一个多情的、痴情的、绝情的、无情的

人来给我伤痕

孤单的人那么多

快乐的没有几个

不要爱过了、错过了、留下了

单身的我独自唱情歌

可肆夕姑娘不甘心，拉着室友天天喊着要相亲。室友给她出主意，说，要不你去贴吧看看吧，那里有好多找女朋友的呢，万一找着了呢。说干就干，那天晚上，她就在大学城里发了一个帖子，叫"175cm的姑娘应该找个多高的男票"。当然，下面评论最多的是要找个155cm的，也能凑个最萌身高差。

深陷先生就是在这里出现的。也许，这本身就是一场错误。肆夕姑娘说："我总是易于向别人敞开心扉，我以为那是坦然，实际上那是寂寞。"

【二】

深陷先生在帖子下留言说：我185cm，不知道能不能罩得住你。肆夕姑娘回复道：为什么会罩不住我？是不是嫌我太女汉子了？深陷先生没有回复。过了几天，肆夕姑娘在另外一个帖子下面跟楼主抱怨说，太高了找不到男朋友。

意外地，深陷先生给她留言：我在这儿，怎么找不到男朋友了？

她因此记住了深陷先生，互相加了微信好友。深陷先生是隔壁理工科院校的学生，与肆夕姑娘一样大学二年级。

与别人第一次加好友说的第一句话是"你好"不一样的是，深陷先生说的第一句话是：你是175cm的那个姑娘？肆夕姑娘说：你是185cm的那个先生？于是，他们就这样认识了。

肆夕姑娘说："深陷先生是个神秘的先生。他说话给人的感觉像是看张嘉佳小说，带一点文艺气质的忧伤，一下了戳中了她内心深处最柔软的地方。我想，我不懂他，我也不了解他，但我喜欢他。深陷先生和别人不一样，他不会过问我的过往，他说我是个好姑娘。"

我问："你就这样喜欢他了吗？这么简单？"

肆夕姑娘说："我需要的并不多，只是想有一个人，能每天清晨一睁开眼就跟我说早安，睡觉前最后一眼跟我说晚安。每天能想我那么一点点就够了。我不知道深陷先生跟多少人说过同样的话，但是，他能陪我这些日子，我还是很开心。"

肆夕姑娘想见他，可又害怕见他："如果他不是我想象的样子，又或是他发现我其实不是个好姑娘，那又该怎么办呢？我想，我们只是同样孤独的人，就像他说的，同类能感受同类的气息。某一天，正好遇见了，相互取暖，直到找到真正对的那个人。"

可是深陷先生不知道，肆夕姑娘多么希望对的那个人就是深陷先生。他们经常在电话里聊天，聊了很多天之后才发现原来他们有着共同的爱好。

深陷先生很喜欢看电影，他说这些的时候，话里藏不住的欢喜。肆夕姑娘说："我其实也是喜欢看电影的，可和他相比，我看过的也不算什么。"他给她推荐了很多部电影，肆夕姑娘就一部一部地看，看到伤感处就忍不住哭出来。她想，这算不算是因为深陷先生而哭的呢。

有天晚上，她对他说："已经很久没有人唱歌给我听了，我好想你唱歌给我听。"本来只是一句玩笑话，可两分钟后，深陷先生真的唱给肆夕姑娘听了。那是周杰伦的一首歌《彩虹》。

哪里有彩虹告诉我

能不能把我的愿望还给我

为什么天这么安静

所有云都跑到我这里

有没有口罩一个给我

释怀说了太多就成真不了

也许时间是一种解药

也是我现在正服下的毒药

看不见你的笑 我怎么睡得着

你的身影这么近我却抱不到

没有地球太阳还是会绕

没有理由我也能自己走

你要离开我知道很简单

你说依赖 是我们的阻碍

就算放开 那能不能别没收我的爱

当作我最后才明白

……

肆夕姑娘最喜欢这一句，看不见你的笑，我怎么睡得着。

她说："我一直在找一个人，在等一个人。我不知道他是不是对的人，可我想最后好好爱一个人，全心全意爱一个人。我一直学不会和别人说晚安，虽然大家常常这样说，可我总还是单纯地觉得，那是我爱你的意思。

"所以我只会和爱的人说这样的话。我第一次和深陷先生说晚安，是他给我唱了那首歌。"

【三】

深陷先生对肆夕姑娘很好，除了每天的早安晚安，还会关心地说，该吃饭了，该泡脚了，该睡觉了。有时候肆夕姑娘乖的时候，他还会送给她一朵花。肆夕姑娘想，如果能永远这样下去就好了。

在深陷先生送肆夕姑娘第十五朵花的时候，他们见了面。

那时深陷先生的学校办了一个盛大的晚会，肆夕姑娘本来对这种活动是没有兴趣的，可被室友拉着就去了。其实那天晚会演的什么，她一点也不记得了。她只是一直在人群中寻找深陷先生。她以为这热闹的活动，深陷先生也会来的，可是她没有找到他的身影。

　　她给深陷先生发了微信，说：你猜我在哪儿？然后发了一张晚会的图片给他。可直到晚会结束，深陷先生也没有回复。那天晚上她在操场上等了好久，骑车绕着学校一圈一圈地走，逛过两次篮球场，可是都没有找到他。

　　就在肆夕姑娘准备走的时候，深陷先生发微信来了，说：你还在吗？肆夕姑娘说：我在。她坐在操场上，这时候操场上的人很少，大家都已经陆陆续续回宿舍了。

　　没过多久，深陷先生还是来了。他有着很高的个子，很宽的肩膀，和很好听的声音。他骑车把她送回学校，肆夕姑娘说，那天天很黑，可是抬头看，月亮很弯，星星很亮，她的心情很美丽。

　　这是肆夕姑娘第一次和陌生人见面。她说："忽然看到了每天和我说话的人，似乎他也变得不那么神秘，是我可以触摸到的。我不知道他是怎么看我的，或许只觉得我是一个傻姑娘。"

　　肆夕姑娘想：如果我能早一点遇到他就好了，那我也不会难过这么久。可是后来，她说："如果可以，我宁可从没有认识过他。这么多年，这么多人经过我的生活，可是为什么偏偏是他，看起来好像最应该是过客的他，在我心中占据了这么重要的位置。"

【四】

深陷先生一如既往地给肆夕姑娘说着早安与晚安。或许是肆夕姑娘太久没有被人这样关心过了，她沉浸在里面，心里装着满满的感动。

可有一天，肆夕姑娘没有收到深陷先生的问候，她等了一个晚上，等着他给她说晚安，可他始终没有。于是，她犹豫了好久给深陷先生说了声晚安，然后倒头就睡。

可事实是，肆夕姑娘失眠了。夜里她不知道看了多少次手机，打开微信，看深陷先生有没有给她说晚安。她想，他一定是有事情耽搁了。可是，一直没有等来他的消息。

第二天一大早，深陷先生就发来了解释，他是他们班的班长，因为今天要开一个会议，所以昨天晚上熬夜写材料，没有上微信，都没有来得及跟她说晚安。

肆夕姑娘听了他的解释，心里很甜。是吧，正如她所想，深陷先生的确是有事耽搁了。

于是肆夕姑娘给深陷先生说她一晚上的成果。她查出了他的头像是谁，是贾老板贾斯汀·汀布莱克。那是她花了好久才查到的。还有他微博的头像，是本·肖士威。当一个人喜欢另一个人，往往会费尽心思收集关于他的所有信息，甚至会傻傻地在搜索引擎里输入他的名字，一遍一遍地浏览关于他的信息。

肆夕姑娘每周六的时候，总会骑车去找深陷先生，他们一起在图书馆里上自习，在食堂里吃饭，在湖水边散步。夕阳洒在湖面，湖水里倒映着两个人的影子，他们坐在石头上，就好像约定前世今生的情侣一样。

深陷先生对她很好，像是温暖的太阳一样驱走了肆夕姑娘心里的阴霾。他会细心地问她食堂的菜合不合口味，会弯下腰替她绑松开的鞋带，会骑车载着她在校园里飞驰。

肆夕姑娘靠着深陷先生的背，想，这样算是在一起了吗？可是他们谁也没有说出告白的那句话。她想，女孩子还是应该要矜持一点的好。于是，她一直等着深陷先生说那句话。

【五】

可是最终还是没有等来。其实局外人早已看穿了这一切，深陷先生从来都没有主动来找过肆夕姑娘。他们的学校相隔不过十分钟的车程，如果他真的喜欢她，总会主动来找她一次。可是，一次也没有。

渐渐地，深陷先生发来的消息越来越少。肆夕姑娘从一开始被动的聊天，变成了主动的发言人。他说，最近很忙，要期末考试了。是啊，肆夕姑娘这才想起，是要考试了。于是她也没有再找过深陷先生，前段时间落下了很多的功课，现在也要重新拾起来了。于是她天天泡在自习室里一心一意准备期末考。

肆夕姑娘在背书的时候，总会情不自禁想起深陷先生，她迷恋着他好听的声线，然后会不自觉笑出声来。肆夕姑娘学校的期末考试制度和深陷先生完全不一样。肆夕姑娘期末考试只用了一个星期，考了五门课。而深陷先生是一星期考一门课，总共需要考一个月的时间。

于是肆夕姑娘期末考结束的时候，迫不及待给深陷先生发了微信，告诉他，期末考试结束了。而他给她回复，自己还在复习考试的水深火热中。

肆夕姑娘想要去找深陷先生，可又怕打扰他复习，于是一直等到晚上才拉着室友去他的学校。那时的天气已经很热了，肆夕姑娘想，给深陷先生送个西瓜吧。深陷先生寝室共有六个人，于是她想，总得挑个最大个的给他们吧。

肆夕姑娘买了一个十几斤重的大西瓜，因为太重拎不动，所以只能用手抱着。可到了深陷先生宿舍楼下，她打电话给他的时候，却没有人接听。肆夕姑娘在楼下等了好久，被蚊子叮了好几个包，还是没有人听电话。

于是，她鼓了好大勇气，走进了男生寝室楼，对宿管阿姨说："我给我男朋友送西瓜，可他不在，能不能先放在这里？"阿姨很好，笑着说可以。她把西瓜放在角落，拍拍手准备离开。就在这时，深陷先生的电话打了过来。他说刚才在自习室没有听见手机响，现在马上回去，让她等他。

肆夕姑娘就在那里等了好久，又被蚊子多叮了几个包，终于还是等来了深陷先生。她解释说："考完试了挺无聊的，顺便过来看看你。天挺热的，给你买了个西瓜，喏，就在那儿。"

深陷先生说："我把书放寝室，你等着我，我请你喝饮料。"她摆摆手说："没事儿，你回去好好复习吧，我还有事先走了。"其实哪里有什么事，在回学校的路上，她高兴地哼着歌。从前她听人说，榴莲就是留恋，给别人的一颗榴莲糖，以后想起来的时候，就是留恋的味道。

可是肆夕姑娘不喜欢榴莲的味道，她喜欢夏天西瓜的味道，她想，那以后深陷先生吃西瓜的时候，会不会想到她，她的味道？

那天晚上肆夕姑娘翻来覆去睡不着，听着音乐，随机播放到程璧、莫西子诗的《我想和你虚度时光》。那首歌有八分钟长，曲调平静而安和，很适合睡前听。

于是她在凌晨一点的时候，把这首歌发给了深陷先生，深陷先生没有回复。

微博有一个功能，不晓得大家知道不知道，加上话题"一分钟删"，这个微博发出后一分钟后会自动删除。肆夕姑娘那天晚上发了一个这样的微博，肆夕姑娘爱深陷先生，很爱很爱。然后，这条微博一分钟后被自动删除了，没有人看得到。

但这是肆夕姑娘最勇敢的一次告白了。

【六】

肆夕姑娘这时候是很开心的，是做梦都能笑得出来的开心。只是现在的她有多开心，往后就会有多难过。真正打破这一切的，不过是偶然的一个瞬间。

考完试的肆夕姑娘并不打算立刻回家，她等着深陷先生考试结束。他曾经说，要和她一起走过这座城市的每个角落，吃遍这座城市所有的小吃。所以她等。

等得无聊了，肆夕姑娘和室友一起去看电影。看的什么肆夕姑娘现在已经忘记了，但应该是个悲剧吧。

因为电影结束后，灯光亮起的一瞬间，她赫然看到她座位前面的是深陷先生和一个哭得梨花带雨的姑娘。深陷先生手足无措地给那个姑娘擦眼泪，全然不知肆夕姑娘在后面看到了这一切。

肆夕姑娘拉着室友飞一般地逃了。其实她很想当面问问深陷先生，他现在不是应该在准备期末考试吗？他不是一直很忙吗？可是，她应该以一种什么样的身份去质问他呢？是的，她没有资格。

她一直以为他是复习忙不理她了，可原来并不是。肆夕姑娘说："原来我一直高估了我自己，高估了我在他心里的位置。"她想问问深陷先生，在他心里，她究竟算是什么？一个寂寞时可以随时聊天的伴侣，还是一个只比陌生人关系好一点的朋友。

肆夕姑娘说："我知道他会离开，可我没有想到会这么快。我一直都是一个不会主动的人，如果他走了，我不会找他，我只会思念他。我知道，他不是一个好先生，所以是不是已经找到了另外一个值得关心的人，便毫不犹豫丢下了我？"

其实想想，肆夕姑娘与深陷先生见面的次数屈指可数。我说："你真是个傻姑娘。"

肆夕姑娘说："是啊，我是真傻，怎么可以那么轻易相信他的话。我搜集所有关于他的信息，可最终，却拼不出一个完整的他。我一直舍不得离开他，已经很久没有过这种眷恋一个人的感觉。总感觉他就是另外一个我，我像是一个半圆，而他，似乎就是我一直寻找的那另外一个半圆。"

只是，他们的半径不同，肆夕姑娘努力想找一个契合点，可最终画不出一个完整的圆。

她说："我分不清他说的哪句话是真的，哪句话是假的，可偏偏我却都当了真。

"明明昨天我们那样要好，他唱《彩虹》给我听，可转身依然只是陌生人。我在夜晚一直单曲循环这首歌，里面有一句歌词：你要离开，我知道很简单。没想到一语成谶。没有开始，就直接走到了结束，如此简单。"

其实肆夕姑娘有很多次都有想把他删除的冲动，她想和深陷先生说，你知不知道，你打扰了我平静的生活。我总会不由自主想起你，在某个地方，某个时刻。我曾经以为你就是我一直等的那个人，可你不是对的那个人。我知道你不好，可我舍不得，舍不得离开你。万一我以后难过的时候，连一个可以安慰我的人都没有怎么办？

你知道我最怕的是什么吗？我说的每一句话都是认真的，可我知道你只是在开玩笑。我是那么不喜欢聊天的一个人，若不是因为喜欢着你，又怎么会一看见你的消息就立马给你回。我不是只想推荐歌给你听的，那是我想对你说的话，我想和你虚度时光。

你是厌倦我了是不是，你知不知道，这样，我很难过。我喜欢上一个人不容易，你让我爱上你，然后你又离开我，你说过你不是一个会主动离开别人的人，可是，你离开了我。

肆夕姑娘在心里说：深陷先生，谢谢你给我说的晚安和送的花，谢谢你的每个早安和催我睡觉的话，谢谢你让我开心了这么多天，谢谢你让我有向别人表白的勇气。

【七】

而真正让肆夕姑娘下定决心把深陷先生拉黑的是，她在贴吧里搜索深陷先生的种种，才发现，原来深陷先生在很多帖子下面都有类似曾经说给她的留言。她一直以为，深陷先生是找到了自己真正喜欢的人，那么，她就算再舍不得他，也会祝福他。可是，她以为他是暖男，却没想到他原来是中央空调。

肆夕姑娘说："我很爱他，可他不值得，他不值得我每天这样想着他，他不配。他真是一个滥人。而我，仍旧选择宁缺毋滥。"最后肆夕姑娘流着眼泪把深陷先生从通信录里删除、微信里删除、聊天记录里删除。再见。再也不见。

我没忍住，说："原来是个渣男。"

但肆夕姑娘说："我想这也不怪他，他能同时对那么多人好，就是他对谁都没有过真心。真心这东西只能给一个人，有过的人都知道。我的失落是因为我的想象，可以归咎于我的错觉。"

我说："但你也没错，谁不是渴望被爱的呢？更勇敢的是，你在感受被爱的时候也给出了爱的努力。这种努力没有回报当然值得伤感，不过没有失去这种努力的决心就好了。"

肆夕姑娘决定立刻收拾行李回家。在火车站候车室等车的时候，她正好看到了最后一行列车的信息，它通向的是深陷先生的家乡，他口中的那个美丽的地方。她说，她曾经无数次地想过跟深陷先生走，坐十几个小时的火车，去他的家乡，去看清澈的湖水，去吃没有吃过的美食。

"可是讽刺的是，这原来只是我一个人的幻想。我把他想到了我的未来里面，可他却连现在都没有考虑过我，多么可笑。我导演了这场戏，我以为女主角是我，男主角是他，却原来只是我一个人的独角戏。我就像一个傻子一样在舞台旋转，而他却在台下看我的笑话。"

跟他在一起，心情就像是坐过山车，似乎前一秒还飘在云端，转瞬间又跌落到谷底。那天肆夕姑娘开开心心地去找深陷先生，开开心心地回来，她从来没有那么渴望见到一个人。

可是后来的某个夜晚，肆夕姑娘一个人蒙着枕头哭了一整晚。他说只想当一个人的太阳，可那个人却不是肆夕姑娘。

【八】

我正在想怎样安慰肆夕姑娘，却没想到这其实是个无比聪明的姑娘，只是从前她太想爱了，才被蒙蔽了双眼。

她说："爱得给得完整，我可要找个唯一才行。我不再喜欢这个人后，智商重新占领高地，我也就能理智地压抑愤怒与悲伤了，也不觉得自己被背叛了，也不觉得被抛弃了，也不觉得他有什么独一无二了。希望他好好打理自己的后宫，继续照顾别人，继续大方送温暖。

"只是我不想浪费感情了。我这个人爽快惯了，不以恋爱结婚为目的的打情骂俏我都嫌恶心。如果说我的认真是别人伤害我的资本，我还是固执地认为那是我的美德。"

肆夕姑娘又重新回到了从前的生活，一个人吃饭，一个人走路，一个人孤独而骄傲地过自己的生活。

她说："你越是爱一个人爱得卑微，对方就越是对你不在意，弃你如敝屣。所以，与其爱得卑微，不如骄傲地活着。生命中时刻都有那样温暖又美好的事情发生，即使我没有遇到，但就是旁观一下都会充满正能量。

"我知道现在有很多不如意，但我总不能怕黑就开灯，寂寞就呻吟，想念就联系，累了就放弃，日子再黑暗也是要一个人走的。我不怕幸福来得晚，只要它是真的，我愿意等。在你没有任何人喜欢的时候，其实是你最轻松快乐的时候，尽管偶尔孤单了点。"

她没有再去找过深陷先生，深陷先生也没有找过她。肆夕姑娘甚至有些恍惚，这三个月的时间到底有没有真正存在过。故事到这里就结束了，我很庆幸，肆夕姑娘及时果断和深陷先生断了联系，没有受到更多的伤害。

柏邦妮说：你必须找到除了爱情以外，能够使你用双脚坚强站在大地上的东西。很多人，生命的底色大都苍凉，相信的是后会有期，等来的却是后会无期。

【后记】

雨似乎还不打算停下来，而天色已经渐渐暗了下来，肆夕姑娘说："我得走了。"我很抱歉地看看她，说："我这里没有伞。"

　　肆夕姑娘笑着说："没关系，其实偶尔淋淋雨也不错。"于是她转过身去，背着书包推门走了。

　　我站在小店里面，隔着被水汽氤氲的玻璃窗，看见不远处，有一个瘦瘦高高的穿白衬衫的男孩子撑了一把大伞，朝肆夕姑娘走了过去。

　　一段故事结束了，而另一段新的故事，才刚刚开始。

告别：

傲寒姑娘

与江海先生

　　傲寒姑娘走进我的"树洞"小店的时候，像一只午后慵懒的猫。她恬淡而又美丽，优雅而又大方。与她交谈，似乎就如古书中说的那样，"万人丛中一握手，使我衣袖三年香"。

　　她还没来得及讲她的故事，店里的音乐忽然随机播放到马頔的那首歌《傲寒》。

　　你不知道我的名字

　　听我唱着一首永远望眼欲穿的生活

　　唱得不可得的诚实

和失无所失的爱情

你听碎了所有人间喜剧

你只微笑一言不发

就像五十年后的那次四目相对啊

你蒙上物是人非的眼睛

那是没有离别的风景

忘掉名字吧

我给你一个家

傲寒我们结婚

在稻城冰雪融化的早晨

傲寒我们结婚

在布满星辰斑斓的黄昏

傲寒我们结婚

让没发生过的梦都做完

忘掉那些过错和不被原谅的青春

直到有一天我不再歌唱

只担心你的未来与我无关

如果全世界都对你恶语相加

我就对你说上一世情话

还有我们的故事

自始无终

……

傲寒姑娘安静地听着，稍稍有些动容，她垂下眼睑说，她曾经以为自己会与江海先生结婚，可是最终她还是嫁给了另外一个人。

她给我看她无名指上的戒指，她说："如今，我已经结婚了。我的先生对我很好，我也过得很幸福。从前我一直不甘心，想要苦苦寻求一个答案，而今我终于找到了我一直想要的答案。"

这是一个怎样的故事呢，我说不出来。生活就是这样子，不如诗。那些轰轰烈烈、策马奔腾的过往，最终只是昙花一现，沦为泡沫。

只是最后不管怎么样，只要现在过得很好，那就够了。就像三毛说的那样，我不求深刻，只求简单。

【一】

傲寒姑娘说，她从前是一个异常勇敢的姑娘，从不掩掩藏藏，喜欢一个人就用力追，想要做什么就拼命地去努力。别人来询问的时候，也不必扭捏，大方地回答他们。

而她在大学时喜欢上的，是她的老师。

我的好奇心一下子被激发了出来，脑海里浮现的是大学课堂上那些白发苍苍、刻板无聊的教授，我想，傲寒姑娘不会喜欢这种类型的吧，还是这样一段师生恋。

事实上，那只不过是我自己脑补的画面罢了。

傲寒姑娘说，她不懂绘画，可是到了大学，她被调剂了专业，偏偏学的是城市规划，需要有一定的绘画手绘功底。

于是，她在大二下半学期的时候，报了一个辅导班，就在她们学校后面的家属楼里，每周六上一次课。而她口中的江海先生，就是教她画手绘的老师。

说起这些的时候，傲寒姑娘嘴角不经意间微微上扬，似乎勾起了她曾经少女时代的回忆。江海先生很年轻，也不过刚刚毕业三年而已。那时候的他，既没有褪去学生时代的青涩，又渐渐展现出成熟男人的魅力。

【二】

傲寒姑娘说："那时候的日子过得就像是一潭平静的死水。有多久没有心动的感觉了，连我自己都忘了。所以我是多么感谢他，让我的生活还能有一丝涟漪。"

我问："那你是怎样喜欢上你的老师的呢？"

她喝了口咖啡，然后放下杯子，缓缓地说起她与江海先生的遇见。她说，她遇见江海先生，真的是最美丽的意外。

傲寒姑娘总记起那天第一次遇见江海先生，她骑车去见他，大大的太阳照得她脸红，他穿了一件荧光绿的运动衣，离着那么远的距离，她没有戴眼镜，只能看到他模糊的脸。他抬起头，温暖地笑了，说："你迟到了，快坐下吧。"

第二次遇见他，他穿着灰色毛衣和黑色外套，眼圈有些肿，她忽然有些心疼他，每天对着图纸的他。她花了一个晚上的时间，搜集关于他的消息。在别人的朋友圈里，找到了他的照片，按下了保存键。

第三次遇见他，他正好和上次相反，穿了一件黑色毛衣和灰色外套。她忽然就想起周杰伦的《黑色毛衣》。

一件黑色毛衣

两个人的回忆

雨过之后，更难忘记

忘记我还爱你

你不用在意

流泪也只是刚好而已

我早已经待在谷底

我知道不能再留住你

也知道不能没有骨气

感激你让我拥有秋天的美丽

……

第四次遇见他，是傲寒姑娘自己一个人去补课。夜晚昏黄的灯光下，寂静的空气里，只有她和他。因为上完课太晚，他送她回来。

傲寒姑娘说："在漫长的黑夜里，在宽阔的马路上，只有我能听到，耳边呼啦的风声，和我的心跳声。后来和江海先生在一起很久，可是我最喜欢的，还是那天晚上，和他一起骑单车的时光。

"看他飞扬的发梢和衣角，看他就在我身旁，与我一起飞翔。似乎从前走过的那条路也不算太长，可我宁愿它没有终点，那么我们也将不用说离别。"

就是这一个月的时间，他们也只见了四次面。可是傲寒姑娘说："你不知道，当时我有多么感谢上天让我遇见他，这么美好的一个他。"

后来傲寒姑娘完整地记录下来，她与江海先生每一次的遇见。他每一次穿的衣服，他每一个表情，他每一个动作，深深刻在傲寒姑娘的心里。

【三】

其实上课学的什么，傲寒姑娘已经不大记得了。但是她那时候最期待的就是每周六，可以见到江海先生一次。

她在画图的时候，总会偷偷地看江海先生，她觉得，世上怎么会有这么温柔的男孩子，他的手指纤细，他的嘴角微翘，他的一切一切在傲寒姑娘眼里都是那么美好。

她知道江海先生的生活作息总是没有规律，他在教课的同时也会接一些公司画图的项目。有时候忙着交图纸的时候，总会熬一整夜，第二天总是没有时间去吃早餐。

于是她在每次去上课的时候都会给江海先生带早餐，一个三明治加一盒牛奶。而江海先生总是会礼貌地回应，谢谢，下次不用了。可傲寒姑娘依旧固执地每次给他带早餐。

三个月的课很快结束了，结束的那天，傲寒姑娘勇敢地向江海先生表白了。她把她记录的每次遇见，一股脑儿地都发给了江海先生。意料之中地，江海先生拒绝了她。江海先生说：我们不合适，你还在上学，而我已经工作了。

傲寒姑娘说：我不在乎。她就像是弹簧，江海先生越是往下打击她，她就弹得更高。她仍旧每天给江海先生送早餐，仍旧每天关心着江海先生。她想，江海先生就算是一块冰，她也要把他焐热了。

后来，在江海先生过生日的那一天，她和室友一起，忙了一下午的时间，在江海先生的楼下摆了心形的蜡烛，她抱着蛋糕，等着江海先生。她说："你不来，我不走。"

越来越多的人停下来驻足观看，看这个为了爱情而执着勇敢的女孩儿，做着大多数男孩子都不敢做的事情。

终于，她等到了江海先生。江海先生答应了她。她开心地抱着江海先生，她觉得，他是上帝赐予她最好的礼物。她不在乎，江海先生是喜欢她，还是仅仅被她感动了。总之，他现在，是属于她的。

【四】

江海先生对她好，对她很好。做着男朋友应该做的一切事情，会在过马路时小心牵着她的手，会带她去吃好吃的东西，会带她一起看喜欢的电影。

江海先生说，他以前是艺术生，学的美术。因为帮同学的忙，所以在这里暂时当老师。但其实一点也不喜欢画这些枯燥的规划图。

他的梦想其实是去中央美术学院学绘画，所以他一边在这里教学，一边准备考在职研究生。傲寒姑娘知道这些以后，说："我会陪着你，你的梦想就是我的梦想，我要和你一起考到北京去。"

那段时间，傲寒姑娘和江海先生在一起度过了一段很美的时光。她搬到了江海先生的公寓里，买了许多厨房里做饭的工具，又填满了空空的冰箱。

她买了一个很大的鱼缸，养了许多许多条金鱼。她觉得，她就是那些金鱼，而江海先生就是水。她觉得，她离不开他，就像鱼离不开水一样。

她觉得这样就像是一个家了，一个温暖的家。她会每天给江海先生做饭，他们会一起背单词，一起做枯燥的练习题，一起为了梦想而努力。她说，江海先生就是她的全部，是她的梦想，所以她尽自己最大的努力去实现那些梦想。

她有时候在写那些数不清的试题的时候，会走神，会渐渐开始想象她和江海先生以后的日子，或许会在北京继续学习，然后努力打拼自己的事业，然后结婚，有一个真正的家。

她想象着穿礼服的江海先生向她求婚，她一定会哭着说，我愿意。或者是她会勇敢一点，穿着婚纱对江海先生说，你愿意娶我吗？江海先生会说，我愿意，然后抱着她旋转。

她就这样甜甜地想着。梦里这样想，梦醒之后，也这样想。

【五】

然而，世事难料。她想了许多种种，关于以后，关于未来，却从未想过，他们之间也会分离。

傲寒姑娘考到了北京的一所院校。而江海先生因为平时还要教课的缘故，准备得不充分，遗憾地落榜了。

江海先生提出了分手，傲寒姑娘不同意，她哭着喊着说不要，说她不要去北京了，就像这样就很好，她留下来陪着他，永远陪着他。江海先生只是温柔地对她说："乖，别闹。"

后来的某一天，江海先生辞了工作，给傲寒姑娘留下了一封信，真的走了。他在信里说，希望傲寒姑娘能够像风筝一样，在天上自由飞翔，他不想做手里的线，牵绊着傲寒姑娘的脚步。

可傲寒姑娘说："你知不知道，没有牵着的那根线，风筝根本飞不高，它会马上掉下来。"她一个人站在空荡荡的公寓里，笑着说自己真傻。其实早该料到的，江海先生不喜欢她，无论她自己多努力，江海先生到最后也没有爱上她。

她知道江海先生对她很好，可那种感觉和真正情侣间小打小闹不一样。他们从来没有吵过架，相敬如宾，就好像是这样。可是，真正相爱的人怎么可能会相敬如宾呢。

有一次，她缠着让江海先生给她画一幅肖像，可是江海先生说，他不擅长画人物。其实那天她在打扫屋子的时候，明明看到，江海先生从前的素描本里，有着一幅画，画上的姑娘很美。

她吃醋了，嫉妒了。她一直不问，江海先生也从来没有提起过他的过往。她想，她不应该这样小肚鸡肠，于是从来都没有提过这件事情，就像它从来没有发生过一样。她就这样活在自己为自己编织的梦境里面。

可爱情这东西，不是靠努力就能得到，她以为她感动了他，却最终只是感动了自己。

她在搬离公寓的时候，不小心打碎了她的鱼缸，水洒了一地，没有了水，金鱼在地上翻滚着。公寓里的东西差不多都搬走了，没有东西可以用来接水。

她跑着向对面的邻居借了一个盆子，接了水把金鱼重新放在里面，可是因为缺水时间太长，她的金鱼渐渐没了力气。她也像那些金鱼一样，瘫坐在地上，哇地哭出声来。

那一段时间，她一度以为自己要死了。把自己锁在寝室里，不吃不喝了好几天，室友怎么劝也劝不住。

后来某一天，她忽然就像打了鸡血一样，脱胎换骨，活了过来。原来，真的没有谁离不开谁。地球没有了她，还不是照样转。生活还得继续。

她在想，都说鱼的记忆只有七秒，要是她的记忆也只有七秒就好了。她想忘了江海先生，彻底忘了他。

【六】

九月的时候，傲寒姑娘一个人拉着行李箱，去了北京。她每天把自己弄得很忙，忙着写论文，忙着做研究，忙着尽快融入这座繁华的城市。

2010年5月2号这一天，五月天在北京开演唱会，她和同学一起去听。在中场，阿信说："下面我要唱的歌是《温柔》，你们有带手机吗？打给你喜欢的人，把这首歌传给他吧。"

江海先生的模样忽然跳进了傲寒姑娘的脑海，她熟练地拨通了江海先生的号码，她也诧异了，竟然没有忘记过他的号码，从来都没有。电话接通了，可是歌还没有唱完，对面就传来了嘟嘟的挂断声。

阿信说："我想有很多人都有一个愿望，就是要和自己最重要的人来看五月天演唱会，但是有些人我知道你今天来了，但是没和那个人或者当初的那一个一起来，有时候身边的他可能会让你伤心难过，那就让五月天的音乐留下来陪你们吧，那就让他自由吧，那就让回忆自由吧。"

她死心了。如果说，从前她还有一丝幻想，幻想着江海先生说他后悔了，后悔离开她，还会来找她。可是现在，她彻底死心了。

同系的同学给她递来了纸巾，她靠在他的肩头，哭得不能自已。后来，她答应了他的追求。

他们一起读完研究生，又继续考博，最后留校任职，然后顺利走向了婚姻的殿堂。一切自然而然，水到渠成。周围的人都很羡慕他们，说他们是天生一对、金童玉女。他们会天长地久，他们会白头到老。

　　而傲寒姑娘也渐渐成熟起来，收敛了自己的锋芒，变得优雅而安和。只是偶尔回过头看到那段青春里疯狂的自己，还是会觉得荒唐可笑。

【七】

　　八月的时候，因为朋友临时有事去不了，所以给了傲寒姑娘和她的先生两张画展的票，据说是当下最热门的青年画家的作品。

　　傲寒姑娘对这些不感兴趣，可她的先生说，总待在家里也是无聊，不去看的话，票也是浪费了，总不能拂了别人的好意吧。

　　于是她勉强陪着先生去了。展厅里面大多都是抽象派的创作式作品，傲寒姑娘看不大懂，那些色彩线条的奇怪组合，她丝毫看不出美感。而走到最里面的时候，很奇怪，只有一幅画。

　　那是唯一的一幅人物画。傲寒姑娘呆住了，再不敢向前走一步。是的，那幅画上的人是她，画家只画了她的侧脸，在低头看鱼。

　　他的先生似乎看出了她的异常，对她说："喜欢这幅画吗？喜欢就把它买下来，这画上的姑娘和你倒是挺像的。"

身旁的工作人员却说："不好意思，这幅画，只展览不卖。"

她笑了，挽起她先生的胳膊说："走吧，那姑娘，没我好看。"

傲寒姑娘对我说，她知足了，她知道，江海先生是爱过她的。但那些，现在已经不重要了。她现在爱她的先生，很爱很爱。

【后记】

傲寒姑娘走出了我的"树洞"小店，我看见她前所未有地轻松，似乎与过去那个青春记忆里的自己挥了挥手说了再见。

故事到这里就结束了。最后，以那首《温柔》结束吧。

走在风中，

今天阳光，

突然好温柔。

天的温柔，

地的温柔，

像你抱着我。

然后发现，

你的改变，

孤单的今后。

如果冷，

该怎么度过。

天边风光，

身边的我，

都不在你眼中。

你的眼中，

藏着什么，

我从来都不懂。

没有关系，

你的世界，

就让你拥有。

不打扰，

是我的温柔。

不知道，

不明了，

不想要。

为什么，

我的心，

明明是想靠近，

却孤单到黎明。

不知道，

不明了，

不想要。

为什么，

我的心，

那爱情的绮丽，

总是在孤单里。

再把我的最好的爱给你。

不知不觉，

不情不愿，

又到巷子口。

我没有哭，

也没有笑，

因为这是梦。

没有预兆，

没有理由。

你真的有说过，

如果有，

就让你自由。

……

情书：

不
朽
姑
娘

与
沙
漏
先
生

情书再不朽，也磨成沙漏。

不朽姑娘来到我的"树洞"小店的时候，从随身携带的背包里拿出一个小本子，在上面写下了"树洞"两个字。

她说："我喜欢'树洞'这个名字。许多东西，我不善于表达，但我喜欢写文字。只有文字，在那里，永远不会变。在最彷徨、最寂寥、最孤独无助时，它不仅是救命稻草，更像亲人，不离不弃地陪伴着我，只要我要它，它永远要我。

"它不嫌我老、丑、脾气坏，不嫌我是处女座、个性倔强，不嫌我不会打理人情世故，它老实地在那里又温顺又体贴，又敦厚又仁慈，它是我永远的亲人，我们将终生在一起，一直到死。"

我一下子来了兴趣，似乎找到了同类。我们都是一样的人，一样热爱文字胜过自己生命的人。那天我们聊了很久，从查尔斯·狄更斯、加西亚·马尔克斯一直聊到斯蒂芬·茨威格，大有相见恨晚的意味。

当夕阳的最后一缕光线照在玻璃窗上的时候，不朽姑娘才说："总归我今天来这里，还是要向你讲故事的。"

她说，她最近看了一部电影《情书》，看到电影结尾，终于忍不住哭了出来。后来，我喜欢的人，都像你。这样一份深沉的暗恋，却在那本书最后的画像中才浮出水面。

她苦笑着说："电影里的男女主人公虽然没有在一起，但他们彼此相爱，而我却远远没有那么幸运。"

说完，她从背包里拿出一个密封的袋子，打开，我看到的是一个发黄的信封。她说，这是她很久之前写过的情书，她曾经把它埋在大树下面，藏着她那些不为人知的秘密，藏着她对他深深的爱恋。

我略微有些惊讶，在这个快餐年代，多少人一个短信、一个e-mail就能轻易地说出"我爱你"三个字。于是，这封情书显得弥足珍贵。这就是不朽姑娘与沙漏先生的故事。一个关于情书的故事。

而"树洞"小店此时音乐刚好播放到了梁静茹的那首《情歌》。

　　时光是琥珀 泪一滴滴 被反锁

　　情书再不朽 也磨成沙漏

　　青春的上游 白云飞走 苍狗与海鸥

　　闪过的念头 潺潺地溜走

　　命运好幽默 让爱的人都沉默

　　一整个宇宙 换一颗红豆

　　回忆如困兽 寂寞太久而渐渐温柔

　　放开了拳头 反而更自由

　　慢动作 缱绻胶卷 重播默片 定格一瞬间

　　我们在 告别的演唱会 说好不再见

　　你写给我 我的第一首歌

　　你和我 十指紧扣 默写前奏

　　可是那然后呢

　　还好我有 我这一首情歌

　　轻轻地 轻轻哼着 哭着笑着

　　我的 天长地久

　　……

【一】

不朽姑娘说，她刚刚上大学的时候，在学校电视台当了一名记者。她说，她很喜欢当记者的感觉。她喜欢去采访别人，记录别人的故事，然后在一个个深夜里通宵写稿子，虽然很忙碌，但是她很快乐。

她说，她是在开会的时候，第一次遇见了沙漏先生。当时会议已经开始，她正在记笔记，忽然对面推门进来一个男生，他傻傻地笑着，脖子里挂着一个单反相机，悄悄地坐到了她旁边。

后来不朽姑娘才知道，沙漏先生是电视台里的摄影记者，负责拍摄采访的画面。而他们后来被分到了一个小组，一起完成每周四的采访任务。

沙漏先生很喜欢摄影，虽然他学的不是这个专业，但是不朽姑娘说，他是极有天分的。她在他的朋友圈里总是看到他的作品，看他用不同型号的相机拍出来不同的感觉。她不懂这些色彩光影空间的手法，但是她就是单纯地觉得他拍得很好。

他们就这样在一起合作了，虽然只是大学业余生活的一部分，但是因为热爱，彼此都很敬业。每次交稿总是最快的，质量也是最好的，他们也渐渐成了别人眼中的黄金搭档。

不朽姑娘说，她一直觉得沙漏先生很好。最初似乎只是欣赏，而真正喜欢他，是有一次，他们去一个孤儿院做采访。

本来只是一个普通的采访，他们带着学校募捐到的钱交给孤儿院院长就行了。可是没想到沙漏先生很喜欢小孩子，她和他不约而同都带来了自己准备的礼物。她带来了好几本童话故事书，而他则带了许多新奇的玩具来，给那些孤苦无依没有父母的小孩子。

不朽姑娘整理完采访稿以后，透过窗户，看到外面孩子们缠着沙漏先生给他们讲故事，他讲得很开心，眉毛一跳一跳的。她觉得沙漏先生也像是一个大孩子一样，那是她看到的最温暖的画面。

那天的照片里，不朽姑娘与沙漏先生被一群孩子簇拥着，照片上的他们，笑得像是天使降临到人间。不朽姑娘觉得，沙漏先生一定是一个好先生，一个温暖善良的好先生。后来沙漏先生给她拍照的时候，她会忽然脸红。

她想起列夫·托尔斯泰的《安娜·卡列尼娜》里面写道，男主角喜欢女主角，是这样子的。"他走下去，他像避免望太阳一样避免望着她，但是不望着也还是看见她，正如人看见太阳一样。"

她觉得，沙漏先生就是她的sunshine，她唯一的sunshine。她想，自己是喜欢上他了。

【二】

她深埋着这份喜欢，小心呵护。让它生根，发芽，最终有一天，在她心里长成了一棵参天大树。她想要写一封情书，于是花了整整一个月的时间，删删改改，总觉得写得太含蓄，怕沙漏先生看不懂，太直白又显得过于肤浅。

最后改了不知道多少遍，直到最终满意为止。然后小心翼翼用黑色钢笔誊写在粉红色的信纸，足足七页。情书的最后，是她最喜欢的一首诗。她把它小心翼翼装在淡蓝色的信封里。

她想把这封情书送给沙漏先生，可是她太过羞涩。她害怕沙漏先生拒绝，害怕以后或许他们连朋友都做不成。

因此，她故意选在愚人节的那一天。清晨，天还未亮，她就起来，一个人悄悄把那封情书放在密封的袋子里，然后走到学校门口旁边的银杏树下，把那封藏着她秘密的情书埋在泥土里。

等做完这一切的时候，太阳已经渐渐从地平线上升起来，阳光洒在不朽姑娘的脸上，她怀揣着对沙漏先生的爱，觉得从未有过的欢喜。

她给沙漏先生发短信说：我给你写了一封情书，就在学校门口东边第三棵银杏树下。她等着他回消息，害怕他看到，又害怕他看不到。可沙漏先生一直没有给她回复。她就这样惴惴不安过了一天。

直到晚上睡前，手机振动，是沙漏先生的信息。他说：我已经有女朋友了。

不朽姑娘怔住了，她从来不知道，他原来有女朋友，她也从未听他提起过。

她用故作轻松的语气，颤抖着给他回复：哈哈，骗你的啦，这你也相信，这年头谁还没事无聊写情书啊，愚人节快乐哈。

沙漏先生回复：好无聊的笑话，一点也不好笑。

不朽姑娘忽然就觉得，她自己真的是一个笑话，一个天大的笑话。她曾经以为，沙漏先生或许也是有那么一点喜欢她的。却原来，那些有关他爱她的错觉，不过是一枕黄粱。而现在，梦醒了。

第二天，她又重新回到那个地方，准备把那封情书挖出来。可是挖到一半的时候，她还是忍不住流出眼泪来，忽然觉得失去了读这封情书的人，那么这封情书也没有了任何意义。

于是她停下来，又把泥土重新掩埋好，说，就让它和我的爱一起深埋在地下吧。

【三】

后来他们仍旧像朋友一样，正常地工作，正常地生活。而那个小插曲也好像从来没有发生过一样。

直到有一天，不朽姑娘和沙漏先生在一起看相机里的采访照片的时候，无意中看到了一个姑娘的照片。那个姑娘长得极好，一看就知道是个天生的美人，就连不朽姑娘也不得不承认，如果她是沙漏先生，在她们两人之间，也会毫不犹豫选择那个姑娘。

在不朽姑娘的追问下，沙漏先生才说起了一些他和他女朋友的故事。他们是高中的时候认识的。他追了她一年，后来在一起了两年。但是遗憾的是，他们最终没有考到同一所大学里面。

每到假期的时候，沙漏先生都会坐火车去找她。而因为是假期，所以票通常会很难买。他有时候会站着，有时候会坐硬座，花十几个小时的时间，仅仅为了去看她一面。

不朽姑娘这样听着，自己都被感动了。她觉得那个姑娘该有多幸福啊，她拥有着沙漏先生满满的爱，一心一意的爱。

从那以后，不朽姑娘就认清了自己在沙漏先生心里的位置，他们是生活中的朋友，工作上的搭档，仅此而已。

他们就这样，一起在学校电视台工作，从大一到大三，从最开始的记者和摄影，变成了副台长和台长。褪去了刚刚升入大学时懵懂的样子，变得成熟而稳重，彼此见证了自己的成长。

【四】

可是，有一段时间，不朽姑娘觉得沙漏先生不开心。最初她以为，作为台长，他的工作很忙，所以太过劳累。可后来发现并不是如此，他工作的时候，开始心不在焉，一连几天都深锁着眉头。

而这时候学校马上就要举行运动会了，电视台正在积极筹划这个活动，每个人都变得很忙。可是身为台长的沙漏先生却说，他临时有事要离开几天。

于是他把所有的担子都交给了不朽姑娘。那段时间里，不朽姑娘忙得不可开交，半夜通宵写活动策划书，第二天还要顶着黑眼圈强打着精神开会，安排每个部门的任务。

最终，这个活动完成得很好，一切都有条不紊地进行着。不朽姑娘松了一口气，他交给她的任务，她没有辜负。

而等沙漏先生回来，他却没有发现，不朽姑娘几乎瘦了一圈。沙漏先生只是对她说，他觉得他快要抓不住他所谓的爱情了，他该怎么办。

他说，他的女朋友似乎对他越发冷淡，朋友圈子的不同，长期的分离，他们之间的共同话题也越来越少。有时候打着电话两个人都是哑口无言，不知道应该说点什么。

而那天，他们最终爆发了第一次争吵。沙漏先生连夜买了火车票去见她，可她却避而不见。

不朽姑娘替他想办法，可是她也不懂那个姑娘喜欢什么。于是她自己写了很多封情书，对他说，把这些寄给她，女孩子收到情书一定会很开心。

她不知道自己这样做的意义是什么，可是，她不愿看到沙漏先生难过。

【五】

终于到了毕业的那一天，大家在一起聚会。时不时有人感慨着，醉笑陪公三万场，不用诉离殇，痛饮从来别有肠。那天晚上沙漏先生喝了很多酒，他拉着不朽姑娘喃喃地说，他们终究还是分手了。

不朽姑娘说，她曾经一直以为，等沙漏先生分手了，她一定会很开心，说明她还是有机会的。可是，此时此刻，她难过，不知道为什么，甚至比沙漏先生更难过。

她不想乘人之危，但是她仍旧忍不住想问一句沙漏先生："你还记得我从前说，给你写了一封情书吗？埋在树下的那一封。"她想对沙漏先生说，那是真的，从前都是骗他的。她真的是为他写过这样一封情书的，她想对他说，她喜欢了他整整四年。

可沙漏先生摇摇头说："什么时候啊，我怎么不知道？"说完转过头，吐了一地。

不朽姑娘没有再说话，从前很多想对他说的话现在一个字也说不出来了。她打电话把他的室友找来，帮忙把他扶回了寝室。

然后她自己一个人沿着学校的小路走了很久，晚上的风很凉，她用手捋了捋飞扬起来的头发，又扯了扯身上单薄的外套，一直走到学校门口第三棵银杏树下。

一路上，过往四年的画面仿佛一帧一帧从她脑海中闪现。从她见到他的第一面起，一直到现在。她想着这些年，她追着他，而他却追着另外一个她，他们三个就像是一个圆圈，每个人迷失在里面，走不出去。

四年了，不是没有人喜欢过她，不是没有人追过她，可是她都拒绝了。她的心太小，藏了一个人就满了，别人也就进不去了。她一直想，默默作为朋友待在沙漏先生身边就好，她已经很满足了，在他不开心的时候陪着他，在他开心的时候也为他开心。

　　她一直以自己的方式关心着他。他有一次说心情不好想喝酒，她立刻出去跑了很久才找到了一家便利店，买了一瓶伏特加送到他宿舍楼下，回来的时候才发现，她是穿着睡袍出去的。

　　他曾经拍摄过一组照片，放在网上，参加一个比赛最后获奖了，拿着奖金向她炫耀，请她吃饭，很是骄傲。但其实他不知道的是，是她发动所有的同学朋友帮他拉票。

　　他有一次参加篮球比赛，中场腿抽筋了，她马上打电话给朋友，求了好久才说服朋友去帮他拉腿。当他投进三分球的时候，她淹没在人海里，却仍旧欢呼，看起来与其他人并无两样。

　　还有很多很多，她为他做过很多事，沙漏先生永远不知道的事。可是这些，在他的眼里，一直都是没有价值的。他看不到她的好。都说感情中的备胎很可怜，可是，她觉得，自己连备胎都不如。

　　过了许久，她找到了那封情书。埋了整整四年，竟然还能找得到。她忽然哭出声来，拿着那封情书头也不回地走了。

　　那天晚上，不朽姑娘在昏黄的灯光下，写着普希金的那首诗《我曾经爱过你》。

　　我爱过你；

　　爱情，或许还没有

在我的心底完全熄灭。

但我已不愿再让它打扰你，

不愿再引起你丝毫悲切。

我曾默默地、无望地爱过你，

折磨我的，

时而是嫉妒，时而是羞怯。

我是那么真诚那么温柔地爱过你，

愿上帝赐你别的人也似我这般坚贞似铁。

然后，转身揉成一团，扔进了垃圾桶里。

【六】

毕业以后，不朽姑娘去了另外一个城市，开始了新的生活，有了一份新的工作，最终她也并没有成为一名记者，而是进了一家公司，成为一名小职员。

但是她工作很努力，公司有一段时间不景气，在同时期进公司的员工纷纷跳槽的时候，她还守在公司里面。最终渡过难关，连连升职，拿着一份不错的薪水。

　　而沙漏先生毕业以后却并不顺利，他还在坚持他的摄影梦想，可现实往往并不如人所愿。或许这时候，他才想起来他的老搭档，想起来她的好。

　　他发消息给她说他的近况。他说，他好想她能继续在他身旁。

　　不朽姑娘笑了，这不是她从前一直期盼的吗？可是，什么叫多余？夏天的棉袄，冬天的蒲扇，还有等她已经心冷后，他的殷勤。

　　她说："他问我过得好不好，我说我很好。什么是很好？就是我一个人开车路过无边荒原，我闭眼站在深不可测的海边，我应付着生活里的些许算计，我抵抗着命运偶尔的不怀好意，那些时候我都想打个电话对他说，我怕。但最后我都忍住了，我不能再依赖他。我很好，虽然还想他，却仍旧学会放下了他。"

　　她给沙漏先生回复说：要是我男朋友不会吃醋的话，我或许会考虑继续成为你的搭档喔。那边很久没有回复，或许沙漏先生没有想到，不朽姑娘有一天也会成为别人眼中最珍贵的礼物。

　　不朽姑娘对我说："是的。每样东西都有保质期，秋刀鱼会过期，凤梨罐头也会过期，这世间又有什么是不会过期的呢。我等了他四年，已经够了，没有人会无条件在原地一直等下去的。"

　　从那以后，他们之间的联系渐渐少了。

沙漏先生最终放弃了自己的梦想，屈服于现实。他回到了自己的家乡，依靠家人的关系当了一名公务员，很快地结婚生子，组成了一个幸福美满的家庭。

他结婚的时候，不朽姑娘没有去参加他的婚礼，只是包了一份贵重的礼包托人带给他。再后来，不朽姑娘也嫁给了别人。从此她和沙漏先生两个人天涯海角，再无瓜葛。

故事到这里也接近了尾声。可是，我很好奇，问她："放弃了沙漏先生以后，你是怎么喜欢上你现在的先生的呢？"

不朽姑娘笑了，说，有一天，她在办公室的桌子上发现了一封匿名的情书。虽然没有名字，可是，她一下子就猜出了是谁。一个人真正喜欢你，你肯定多多少少能察觉得到。

我对她说："是啊，一个人欠你的，总有一天会有其他的人还回来。"

【后记】

不朽姑娘离开了我的"树洞"小店，她把那封情书送给我，留作纪念。我拆开信封，里面是黑色的氤氲的墨迹，已经看不出原本写的是什么了。

或许，连不朽姑娘自己都忘了，曾经在这封情书里写了什么。我把它放在木匣子里，摆在店里的橱窗上。而那段故事，也就尘封在里面，成了永远不为人知的秘密。

直到有一天，我无意中读到一首诗，忽然发现感觉好熟悉。脑海里似乎浮现出曾经在那封信的最后看到的，很模糊的几个字，我想，我知道当时不朽姑娘写的是哪首诗了。

茨维塔耶娃《想和你一起生活》

我想和你一起生活

在某个小镇，

共享无尽的黄昏

和绵绵不绝的钟声。

在这个小镇的旅店里——

古老时钟敲出的微弱响声

像时间轻轻滴落。

有时候，在黄昏，

自顶楼某个房间传来笛声，

吹笛者倚着窗牖，

而窗口大朵郁金香。

此刻你若不爱我，我也不会在意。

"给十年后的我"

或许是为了躲避一场
及时雨，或许是打发
一整个下午，或许只是
等待一场邂逅……

一年后，你会在哪里
上海、北京，还是深圳？
十年后的你会牵着谁的手？

第三辑

我们还能
在一起吗？

离开：

野子姑娘
与尘埃先生

　　野子姑娘是一名图书编辑，她和我最早相识于网络。因为很聊得来，于是渐渐成了无话不说的好友。她得知我开了这样一家"树洞"小店，于是执意要来看看。

　　那是我第一次见她，她戴着鸭舌帽，穿着棒球衫和破洞牛仔裤，一脸笑容推开了"树洞"小店的门。走到我面前伸出手来说："你好，我是野子。"我握住她的手说："你好，我是忘芊。"

　　她说："你可以带我参观一下你的'树洞'吗？"我说："当然可以。"我领着她，看墙上那些来过这里的人们留下的故事，看橱窗里那些挥别过去的人遗留的回忆。

当时店里放着的音乐是什么，我已经记不大清了。不过我唯一记得的是，不知怎么的，她忽然安静了下来，问道："我能不能点一首歌？"我看着她，在搜索框里输入歌曲的名字。

那是彭佳慧的一首歌《走不回去的旅程》。她说，她和他终究回不去了。

有些故事一开始已经注定悔恨

有些爱情一辈子不可能到永恒

有些回忆再也没有改写的可能

我该怎么能抹去心中的刻痕

想着未来是否能遇见更好的人

想着昨天心里面还住着一个人

想着心中会不会有奇迹发生

人生就像是走不回去的旅程

我们都爱过一个人

我们都恨过一个人

我们都曾经天真为爱奋不顾身

回头看好与坏的

其实都是我的人生

这就是一段走不回去的旅程

野子姑娘说，她曾经也写过很多故事，可那些大多是别人的故事。后来，当她想写自己的故事的时候，提起笔来，却怎么也写不出来了。于是，她想把故事讲给我听，说："你替我把它写出来吧。"

她说："后来我才明白，世上的人何其多，相遇如此不易，丢失却太过轻易。或许我还是应该心存感激，感谢有过那样一个他出现过，让我单薄的青春不至苍白。虽然感激之后，难免是更为漫长的感伤。"

是啊，我们都爱过一个人，我们都恨过一个人。这就是野子姑娘与尘埃先生的故事。世界上哪一条法律规定过你爱着一个人，而他必须爱你？是的，没有。所以她说：他没有错，只是不爱我。

【一】

野子姑娘说，她小时候也曾经是一个美丽而可爱的姑娘，头发天生的自来卷，加上白白的皮肤，长长的睫毛，穿上裙子总是被别人称赞像是童话里的公主。

可是，美好的时光总是这样短暂。或许是上天嫉妒这个美丽的姑娘，在初中的时候，野子姑娘生了一场大病，每天被含有激素的药物包围着，最终身体像是被打了气的气球一样肿胀起来。

在那样的大好年华里，野子姑娘是个胖姑娘，可你知道，没人喜欢胖姑娘，她开始变得敏感而自卑。感觉这世界一切都开始变得不美好，每个人都喊她胖子，嘲笑她。她吃得多一点，别人就会说，长这么胖还吃这么多啊。她吃得少一点，别人也还是会说，吃这么少还这么胖。

她开始对镜头敏感，休闲裤也穿得像紧身裤的样子。不敢再穿着超短裤，不敢再穿公主裙，因为会有人在后面对她身上的赘肉指指点点。

"若不是遇到他，"野子姑娘说，"若不是遇到他，或许我一直都不敢去爱任何人。王菲有句歌词是这样唱的：五月的晴天，闪了电。那个时候，他如同一道炫目的闪电，划开我眼前的天地，让我看到了云泥之别的另一个世界。"

野子姑娘从高一开始跟尘埃先生同班。高中生涯的第一天，她坐在明亮而洁净的教室里，然后便看到了施施然走进教室的他。

那天下着大雨，撑着伞在校园里走过的人无不狼狈不堪，他却穿着一身的白，衣裤鞋子纤尘不染，如同从天而降。在此之前，野子姑娘说，她从没有办法想象一个男孩子竟能拥有这般无瑕的美丽。

不知道当时教室里有多少个女同学的眼睛像野子姑娘一样装作不经意地痴痴看着尘埃先生，他走过她身边时，野子姑娘低下了头，只看见他雪白的鞋子。

她说，尘埃先生就是我站在尘土里渴望着云端的那个人。

【二】

尘埃先生是体育生，野子姑娘说，高中三年，学习过后，她一直都坚持跑步。每天她都能在操场上看到尘埃先生的身影，他在前面跑，她在后面追。以至于后来有部叫作《阿甘正传》的电影被她看过很多遍，每次看到人们喊着"阿甘，快跑，快跑吧"的时候，她都会想起这段往事。

野子姑娘说，那是她度过的最愉快的一段时光。她跑得很慢，而尘埃先生跑得很快，总是会一圈又一圈地超过她，然后和她擦肩而过。每次她总是很快就没了力气，然后会买两瓶水回来，她一直想要去给尘埃先生送过去，可始终没有勇气。她说："我只求这样远远地看着他就好。"

很多年后，当她想起这些毕生难忘的片段，都会为少女时代那颗卑微又敏感的心感到酸涩。那时对她来说整个世界都是灰蒙蒙的，她不如同龄人般生机勃勃，鲜少有感兴趣的事物，也从来没有什么期待与梦想。每天清晨与他一起跑过的短短几分钟，大概就是她最隐秘最欢欣的时刻了吧。

野子姑娘曾经对着镜子拼命挤压那张平凡而普通的脸颊，肥胖而臃肿的身体，最终不得不承认，注定成不了他那样的人。可是，就算她不能够蜕变成像他一样雪白的天鹅，但至少，她不要一直做丑小鸭。

但是同学三年，他们从来没有说过一句话，野子姑娘说，我甚至怀疑他都不知道我的名字。他是大家眼里的天之骄子，有着与生俱来的骄傲。嘴角玩世不恭的笑容无疑更让人又爱又恨——当然，他的笑容只对那些美丽的姑娘绽放。

他可以是最善解人意的男孩，也可以是用恶作剧捉弄女生的领头人，他的成绩并不很好，闹起来无法无天，可上至校长、下至老师无不对他分外宽容，除了因为他有一张讨人喜欢的甜嘴外，更多的是因为他拥有一个做房地产开发的父亲。

野子姑娘说："我喜欢他，虽然我清楚，我的喜欢要是被他知晓，该是多么可笑和不值一钱，可是他还是成了我心里最柔软的地方。我的爱是隐蔽的，无望的，可我学不会克制自己的感情，理智明明让我远离他，可感情偏偏背道而驰。"

而那时的野子姑娘，虽然离中等身材还有点距离，可已经远没有当初那么胖了。所以她选择了在高三的最后一天晚上，对他和盘托出，这些年，她对他的爱。

【三】

野子姑娘永远也忘不了，高三结束后那个最后的夜晚，昏暗僻静的KTV过道，包厢里鬼哭狼嚎的歌声只剩了个远远的回响，它盖不过她的心跳声。

从没有想到，在那个夜晚，野子姑娘会在上洗手间回来的路上跟尘埃先生迎面撞上。他面色赤红，急匆匆地往目的地跑，显然喝了不少，经过她身边的时候，他没有看她一眼。

可是野子姑娘知道，这是老天给她的最后一个机会，她不想带着秘密和遗憾告别，她叫住了他。他往前走了一步，才疑惑地回头，眼光绕过她，四处搜索唤他的人。

野子姑娘对自己说，从一数到七，就不要再紧张。她感觉自己的脚在慢慢地走向他，一个声音说："能不能占用你一点点时间，我有话想跟你说。"

他愣了一下，没有说话。

她说："我喜欢你，三年了，一直都喜欢。"

"其实，"野子姑娘说，"我从没有期待过他回应一声：我也是。我也完全做了最坏的心理准备。我只是想让他知道，有一个女孩曾经喜欢他，很喜欢他，喜欢他了三年。"她说，"我在最年轻的时候爱过一个最美丽的少年，我不奢求一个结果，只求问心无愧。"

可是，当他用一种匪夷所思的表情说"不会吧……你饶了我吧"的时候，她才知道她的防备远没有自己想象的那么坚固。她把他当成心口的一颗朱砂痣，细心呵护，可他却把她看成鞋里的一粒沙，走路还嫌硌脚。

那晚，外面下了瓢泼大雨，野子姑娘背着书包一个人回家，漆黑的夜里，分不清脸上是雨水还是泪水。

我对她说："你知道，有时候那些最伤人的话往往出自最美丽的嘴。"

【四】

从那以后，野子姑娘再也没有和尘埃先生联系过，也没有对任何人提过这段荒唐事。大一结束的那年暑假，她知道了他有了女朋友的消息。

她说："网上的同学录里我很少留言，可我常常登录，因为我渴望从中看到他留下的只字片语，他是如此高调地恋爱着，将他和女友的相片贴满了同学录里的电子相册，那个女孩跟他一样，有张天使般美丽的脸。"

看着相片里他满足而甜蜜的笑容，野子姑娘知道他是真的在爱着，而且幸福着，他不会记得她，也许只有在跟女友调笑时，才会偶尔提起，曾经有个记不起名字的女孩，可笑地对他表达过她的爱。

我问她："那你是为了他才决定减肥的吗？"

野子姑娘说："最初我是想变得更瘦、更美，走到他跟前，让他知道我也可以变得耀眼。可后来，觉得不只是为了他，也是为了我。"

她轻描淡写地说，自己曾经试过很多方法，喝减肥药，做针灸按摩，什么方法都尝试了，可是却最终无果。于是她只能吃很少的东西，大学四年，除去学习的时间，她都泡在健身房里，跟那些健身器材做伴。

那么热的夏天，她还要在里面挥汗如雨。她说："每当我坚持不下去想要放弃的时候，总会想起尘埃先生鄙夷的眼神。你知道世间最痛苦的是什么吗？是你深爱的人却当你是洪水猛兽，落荒而逃，而你从此沦为一个笑柄。"

她说得很轻松，可我知道，那段时间，她必然过得很痛苦，减肥的痛苦，只有经历过的人才懂得，仿佛是在地狱里走过一遭。

不过欣慰的是，她的努力没有白费。四年的时光很快过去，野子姑娘说，她终于褪去一身赘肉，变成曾经梦想着的纤细瘦弱的样子，可以骄傲地穿上裙子，真正成为公主。可是她却没能找到自己的王子。

【五】

毕业以后，野子姑娘拗不过父母苦口婆心的劝导，女孩子总归还是要有个稳定的收入，然后结婚生子才是最好的归宿。于是在家人的安排下，回到了家乡那座三线小城市，当了一名语文老师。

　　紧接着又被安排着相亲。见过几个对象，可是野子姑娘都不满意。她说："遇见过尘埃先生以后，对别人很难再有心动的感觉。"于是，就这样耗了两年时间。

　　可是，野子姑娘说："或许我与尘埃先生是有缘的，只不过，也是一段孽缘。"

　　她曾经以为她的一生便是如此，在暗处遥望着他的幸福。可是却万万没想到，她那次相亲的对象竟然是尘埃先生。

　　纵然隔了这么多年的光景，纵然尘埃先生已经不复当年那般俊美，可是野子姑娘还是一眼就认出来，坐在餐厅里等着她的，是她曾经深爱过的人。

　　造化如此弄人，我以为俊男美女一相逢，便胜却人间无数。可野子姑娘褪去了一身赘肉变得美丽，尘埃先生的身材却开始发福，这是我怎么也没有料到的。

　　后来才知道，尘埃先生还没毕业就已经进了父亲的公司，慢慢远离了曾经热衷的体育，没日没夜应酬下来，渐渐成了这般模样。还好他五官硬朗，还能依稀看出当年那个美少年的影子。

　　他和曾经的女朋友分了手，被家人逼着相亲。而野子姑娘家里是书香门第，正好是一个不错的对象。

　　尘埃先生站起身，伸出手来，对野子姑娘说，你好，我是尘埃先生。野子姑娘有些错愕，试探着问他，记不记得自己。可尘埃先生却把她忘了，只是觉得有些眼熟，问她是不是在哪个饭桌上见过面。

野子姑娘只是苦笑，他终究还是忘了。她从来没有想过会再度与他相见，而相见以后她一直期待着他惊异的眼光，她想让他知道，她也可以变得这么好，足以与他相配。想让他知道，当年拒绝她是一个多么错误的决定。可是，没有，一切都没有。

可后来，他们还是在一起了。野子姑娘说："他是因为合适，而我是因为爱他。"

【六】

而等真正在一起以后，野子姑娘却发觉，从前做过的梦，碎了一地。她说："或许我那时候爱着的一直是一个我想象出来的影子。"

因为合适而在一起，总归还是要分开。野子姑娘说："他从来没有爱过我，无论后来我变得有多好，也没能让他爱上我。别人都很羡慕我，觉得我能找到这样一个人家，是我三生修来的福分。可是他们不知道这些光彩背后的我，其实并不快活。"

他总是很忙，忙到从不顾及她的感受。野子姑娘说："生日是我一个人吹的蜡烛，情人节是我一个人去看的电影，晚上下班也是我一个人走夜路回家。"而更可怕的是，她与他没有共同语言："你知道，想要与一个商人聊狄更斯的文学、辛波卡丝的诗简直是天方夜谭。"

更让野子姑娘心如死灰的是，有一次尘埃先生出去应酬在饭桌上喝醉了酒，她一个人凌晨两点裹了毛毯出去把不省人事的他接回家。可是他搂着她，嘴里却不小心说出了他和曾经那个女孩儿的故事。

野子姑娘想，她真是个幸运的女孩，竟然可以让浪子一般的尘埃先生那么长时间一直爱着她。"我不敢说他守身如玉，但至少在心里，他对她忠贞。"

于是出乎所有人的意料，在尘埃先生把戒指递给野子姑娘的时候，她拒绝了他的求婚。然后辞了工作，一个人来到这座陌生的大城市。

她说："这么多年以来，我一直学着为自己所做的决定说不后悔。所以，爱上他，我不后悔。离开他，我也不后悔。"

【七】

野子姑娘离开家乡以后，以写稿子为生，后来在一家出版社当了一名编辑。她说，她现在过得很好，每天做着自己喜欢的工作，真的很开心。

"那尘埃先生呢，他有去找你吗？"我忍不住问道，我还幻想着他说，他后悔了，他知道了她的好，然后他们还能在一起，有一个童话般完美的结局。

然而，破镜终究不能重圆。野子姑娘笑笑说："没有，一次都没有。很快的，我就听说了他结婚的消息。总归，他是需要一个结婚的对象，没有我，还有别人。只是，我不知道该替他们高兴还是难过。"

野子姑娘离开的时候，跟我挥了挥手。我不知道她是跟我告别，还是跟过去的那个自己说再见。

我喊住她说："那我也送你一首歌吧。那是苏运莹的《野子》。"

怎么大风越狠

我心越荡

幻如一丝尘土

随风自由地在狂舞

我要握紧手中坚定

却又飘散的勇气

我会变成巨人

踏着力气 踩着梦

怎么大风越狠

我心越荡

又如一丝消沙

随风轻飘地在狂舞

我要深埋心头上秉持

却又重小的勇气

一直往大风吹的方向走过去

吹啊吹啊 我的骄傲放纵

吹啊吹不毁我纯净花园

任风吹 任它乱

毁不灭是我 尽头的展望

吹啊吹啊 我赤脚不害怕

吹啊吹啊 无所谓 扰乱我

你看我在勇敢地微笑

你看我在勇敢地去挥手啊

……

【后记】

九月的时候，我在野子姑娘的微博里看到，她去了婺源，在金黄色的田野里，风吹过她柔软的发。她不是一个人，为她拍照的是另外一个人，虽然照片上没有他，可是从野子姑娘脸上勇敢的微笑来看，他一定很爱她。

后来，她才与我说，与她同去婺源的是圈里一个有名的作家。那时候她刚进这个圈子不认识他，偶然在他的新书下面评论了自己的观点，对书中一些内容表达了自己不同的看法。

却没想到，引起了他的注意，他们一起重新讨论，对书进行了重新改版。其实他们两个人本都不是话多的人，可是在一起却很能聊得来。

野子姑娘说，后来她才明白，遇到一个喜欢的人其实不难，根本没有谁离不开谁，这一路，是没他可以，但有他更好。多少爱情开始于喜欢，结束于了解，最后能在一起大抵是三观相似，能聊得来。

　　其实聊得来这三个字看似简单，可要找到一个这样的人着实不易。有些人一直寻寻觅觅，渴望轰轰烈烈的爱情，可是临了，不过只是需要这样一个聊得来的人罢了。而幸运的是，她找到了。

　　好了，故事到这里也就结束了。野子姑娘有着属于她的完美结局，这也是我最希望看到的画面。

　　只是，我坐在"树洞"小店里，忽然一阵没来由的孤独。我等的那个人，他在哪里呢？

沧海：

夏葵姑娘与南山先生

　　夏葵姑娘是"树洞"小店的常客，她总是没事的时候就会来到这里，看看书，喝喝咖啡，偶尔与我们聊聊天。

　　她是个异常美丽的姑娘，总是穿着蓝色牛仔裤，白色帆布鞋，任是素面朝天的脸也好看过那些粉黛遮面，连我看了她第一眼也总是忍不住想要再看她一眼。

　　大多数美丽的姑娘似乎或多或少有些清高，孤芳自赏，可她待人却十分友善，热烈而奔放，总是能找到话题与我们喋喋不休地讨论。

　　她正处于有着最好的青春的时候，就像是夏日里那株始终绕着太阳旋转的向日葵一般，每次看着她那样明亮的笑容，我总会羡慕起来。

我想，她一定是有着故事的姑娘，而她也毫不忌讳大大咧咧与我们讲说那些过往，当然美丽的姑娘或许与我们总是不同，她的那些故事似乎是说上三天三夜也说不完的。

可说到最后，她脸上恍惚流露出一丝落寞，忽然垂了眼睑说："从前，我一直期盼着能有一个人不厌其烦地跟我说早安晚安，可后来，我爱过的人没有一个留在身边。"

她说："我觉得爱情只是一场游戏，你骗我，我骗你。我知道如何让身边的人喜欢我，但当他真喜欢我的时候，我却觉得这场游戏已经不好玩了。因为我一直以来，都没相信过我爱的人，更加没相信过爱情。我最信的，始终是我自己。"

可我却觉得事实并不是这样，如果夏葵姑娘没有爱过他们，那么她说起那些故事的时候是不会清楚地记得那些细枝末节的。别人都说她如此滥情，可是却没有人看出她骨子里的深情。

后来有一天，夏葵姑娘忽然问我："你觉得恋人分手之后能不能做朋友？"

还没等我回答，她便接着说道："我觉得不能。曾经那么深爱过的人，每一次遇见都有忍不住想要再次拥他入怀的冲动，怎么会能够不动声色地看着他与别人恩恩爱爱、相约白头？所以，每次分手以后，我总是把那些人拉入黑名单里，老死不相往来。"

我问她为何如此决绝，夏葵姑娘沉默片刻，才说出了那个她一直避而不说的名字，南山先生。她说，他在她心里，就是一座墓碑。

你在南方的艳阳里

大雪纷飞

我在北方的寒夜里

四季如春

如果天黑之前来得及

我要忘了你的眼睛

穷尽一生

做不完一场梦

大梦初醒荒唐了一生

南山南，北秋悲

南山有谷堆

南风喃，北海北

北海有墓碑

【一】

夏葵姑娘第一天上大学的时候，她一个人漫步在校园里，感觉这里的一切都是如此的新鲜与美好。

她坐在湖边的草坪上，看夕阳西下，余晖洒在水面上。忽然耳边传来温暖的声音，是学校的广播站发出来的。"欢迎大家收听学校广播站，这里是文艺夕拾栏目，我是主播南山。今天与大家分享的是……"

那样低沉而富有磁性的声音，夏葵姑娘静静听着，似乎一下子陷了进去，从前她从未听过如此动听的男声。

于是，在后来的社团活动中，夏葵姑娘毫不犹豫报名了广播站。广播站选择主播需要三轮面试，于是夏葵姑娘精心准备，每天清晨早早起来练习发声。

而真正到了面试现场，夏葵姑娘还是惊呆了，参加初试的大约有三四百人，而最终能留下的只有二十人。她无端紧张起来，轮到她的时候，她准备的是席慕蓉的一首诗《初相遇》。

美丽的梦和美丽的诗一样，

都是可遇而不可求的，

常常在最没能料到的时刻里出现。

我喜欢那样的梦，

在梦里，

一切都可以重新开始，

一切都可以慢慢解释。

心里甚至还能感觉到，

所有被浪费的时光，

竟然都能重回时的狂喜与感激。

胸怀中满溢着幸福，

只因你就在我眼前，

对我微笑，一如当年。

我真喜欢那样的梦，

明明知道你已为我跋涉千里，

却又觉得芳草鲜美，落英缤纷，

好像你我才初初相遇。

还没等她读完，下面的其中一个评委说："可以了，下一个。"夏葵姑娘呆呆地站在台上，那就是她一直喜欢的声音，而更令她没有想到的是，拥有着那样好听的声音的男生竟然有着如此好看的面庞。

那是他们的初相遇。

后来无数个夜晚，夏葵姑娘总是喜欢一个人看柏原崇的电影，翻来覆去地看。柏原崇，被誉为日本20世纪最后一个美少年。而南山先生与他异常相似，尤其是那一双眼睛，甚至两人不说话时的神情都一模一样。

后来，我爱的人，都很像你。有时候夏葵姑娘也会恍惚，到底是因为柏原崇而喜欢上了南山先生，还是因为南山先生而喜欢上了柏原崇。

【二】

顺利的是，夏葵姑娘进入了复试，复试时更为自由，考验大家的临场发挥，随机抽取话题，夏葵姑娘抽取的是谈论一下你印象最深刻的一部电影。

夏葵姑娘第一个想到的是电影《怦然心动》，里面有句台词是这样说的，"不经意间，有一天你会遇到一个如彩虹般绚丽的人，你会明白，其他人不过是匆匆浮云"。

夏葵姑娘觉得，南山先生就是彩虹一样的人，当你遇到那个人，你才会体会到这样的感觉。那种把世间一切染成光辉般的爱慕，只靠思念和期待就能生存的情愫。

面试结束之后，夏葵姑娘回去忐忑地等通知，幸运的是，她发挥得还不错，进入了最终面试。她忽然觉得，她离南山先生又近了一步。

在最后的面试中，由评委提问问题，而提问夏葵姑娘的正好是南山先生。她看着他的眼睛，忽然脸庞一红，心扑通扑通跳个不停，紧张得自己也不知道说了些什么。

后来，收到短信的时候，果真，她落选了。原本不是学播音主持专业的她能到最后一轮面试已经很不容易了，可最终还是与她想要的结果失之交臂。

她从未如此渴望得到这样一个机会，一个可以靠近南山先生的机会。那天晚上，她躲在被窝里哭了许久。

【三】

或许是上天眷顾这个可怜的姑娘，几天之后，她竟然意外地收到了参加主播培训的通知。后来才得知，其中有个姑娘，同时被广播站和主持人队选中，而这两个培训时间刚好冲突，于是她选择了进入主持人队。于是，作为替补，夏葵姑娘进入了广播站。

无论怎样，这个结果让她高兴极了，似乎也忘记了从前的不愉快，立刻便准备好笔记本和笔去参加培训了。

按要求，他们被分成五个小组，分别负责周一到周五的广播节目。她选择了周四，她清楚地记得，南山先生的栏目是每周四。

负责他们小组的果真是南山先生，夏葵姑娘用心地记得南山先生说过的每一句话、每一个要点。她很聪明，学得很快。于是成为第一个与南山先生搭档的人，共同主持《文艺夕拾》栏目。

她如此珍惜这来之不易的机会，南山先生就在她旁边，她甚至能听到他的呼吸声、心跳声，转过头就能看见他好看的眼睛和长长的睫毛。

那一天，他们共同谈论的话题是茨威格的小说《一个陌生女人的来信》。夏葵姑娘说，那是她迄今为止看到过的一个女人对一个男人最纯净、最卑微、最绝望而又最伟大的爱，没有之一。

里面有一句话是这样说的："你的声音有一种神秘的力量，让我无法抗拒。经过十几年的变迁，依然没变；只要你叫我，我就是在坟墓里，也会涌出一股力量站起来，跟着你走。"

夏葵姑娘说："后来我不止一次在想，只要南山先生开口，无论天涯海角，我都会跟他走。"

迪拜曾说，对女人而言，爱就是她的全部。而对于夏葵姑娘，她的生活，她的爱情，从见到南山先生的那一刻起就已经有了确定无疑的方向，虽然屡经挫败，依然执着坚持，单纯、热烈而执拗。

【四】

夏葵姑娘喜欢南山先生，她也从未掩饰自己的喜欢。可是无论她有意或无意地暗示也好，明说也罢，南山先生从未给过她正面的答复，他既没有拒绝，也没有接受。

夏葵姑娘想，或许她是不够努力，既然他没有拒绝，说明她还是有机会的。

夏葵姑娘是如此美好的姑娘，不是没有人喜欢过她，可那时，她的眼里只容得下南山先生，她为他卑微到尘埃里，却又从尘埃里开出花来，仍是满满的欢喜。

或许是她的执着最终打动了南山先生，又或许南山先生习惯了她的存在，在那天，她用吃了一个月泡面省下的饭钱买了两张南山先生想去的演唱会的票，那一天，在演唱会现场，南山先生说："做我女朋友吧。"

那天，四周嘈杂，她没有听清，却又不敢问，她怕是自己的幻听。可是当南山先生牵起她的手的时候，她忽然发现，原来，这不是做梦。

他们成了众人眼中最登对的情侣，无论走到哪里，总是最显眼的一对。南山先生是个称职的男朋友，会骑车载着她在校园里飞驰，会在过马路的时候牵住她的手，会每天不厌其烦对她说早安晚安。

可是，夏葵姑娘却隐隐不安。或许每个姑娘都希望自己是王子独一无二的公主，可事实是，王子身边似乎不只是她一个公主。

南山先生很好，可是他不懂得拒绝别人，对每个人都很好。比如说，他们一起在餐厅吃饭的时候，夏葵姑娘去打饭，可一转身回来，便看到有几个姑娘笑嘻嘻跟他搭讪，而南山先生真的把电话号码留给了她们。

于是他们之间爆发了第一次争吵，可南山先生对此不以为意。他有很多异性朋友，每次生日或者节日的时候，总能收到不同姑娘的礼物与问候。他有一次发了朋友圈说最近嗓子不舒服，立马有人送来了药。

　　而她自己却一直与异性保持距离，她的世界只围绕着南山先生而转。她每天在担惊受怕中度过，生怕他被别人抢了去。

　　有了第一次争吵，自然会有第二次、第三次。可每一次争吵后，都是夏葵姑娘先低头忍不住去找南山先生，她害怕，如果她不回头，或许南山先生就会永远离开她。

　　可最终，他们还是分手了。而理由再简单不过，南山先生毕业了，毕业就分手其实是很多情侣都约定俗成的事情，所以他们的分手，在外人看来，不过是一件再普通不过的事情。

　　那是夏葵姑娘第一次没有挽留，她说："我也累了。那么以后，我们还是朋友。"

【五】

　　没过多久，就传来了南山先生订婚的消息，夏葵姑娘一个人走在校园里，看着他们曾经一起走过的地方，忽然觉得自己就是一个天大的笑话。曾经说好绝不放手的人，到最后还不是松了手。

　　如果事情一直这样下去也挺好的，从此两人再无关联。可是，那一天，夏葵姑娘意外地收到了南山先生的短信，距离他们上一次联系已经过了半年之久。

他约她在一家西餐厅，夏葵姑娘第一次穿上高跟鞋，抹上口红，精心赴约，她想，至少让他看到，没有了他，她依然过得很好。

远远地，在餐厅的靠窗位置，她一眼就看到了南山先生，他把从前的刘海全部梳在后面，抹上锃亮的发油，身穿笔挺的西装，学生气还未完全褪去，而又夹杂着成熟男人的味道。

服务员来点餐，不约而同，他们一起说拿铁不加糖，牛排五分熟。过了这么久，她以为她都忘了，可如今才发现，她原来一直都记得，记得他最喜欢的位置是窗边，最喜欢的咖啡是拿铁，最喜欢的牛排是五分熟。

南山先生问："你最近还好吗？"夏葵姑娘说："我很好，你呢？"

南山先生说："我很想你。"

夏葵姑娘觉得，他或许是后悔了，他并没有忘了她，他还是爱她的。他说起他的未婚妻，是父母为他挑选的对象，他们门当户对，他拒绝不了，可是他不爱她。

他们重归于好，仍旧和从前一样。可是，破镜不能重圆，变质的爱情也终究会过期。夏葵姑娘发现，南山先生的未来里面从没有考虑过她，或许他只是不甘寂寞才来找她。

她觉得南山先生就像是毒药，她拼命想要戒掉，可是每次看到那双像柏原崇的眼睛，就如同上瘾一般拒绝不了。

【六】

可这一切总要结束。南山先生的婚礼如约举行，他并没有通知夏葵姑娘去参加他的婚礼，可夏葵姑娘还是去了。

唯一令她欣慰的是，新娘没她好看。她躲在角落里，看着新郎新娘交换戒指，说着那句我愿意的誓词。那个她深爱过的人今天结婚了，他与她从今之后再无瓜葛。

第二天清晨，她收到了南山先生的短信：你还好吗？她忽然傻笑，我好不好与你还有关系吗？她回复道：从前你不过是仗着我喜欢你，可如今，我不再喜欢你了。

然后，她把南山先生的号码拉进了黑名单里。她说："我没那么大度，如果让我说一句祝福他的话，那么，我祝福他，不幸福，至少，不要比我幸福。"

夏葵姑娘说："我不再像从前，不会因他哭得红了眼。我不再会因他而改变，也不再会犹豫说再见。我感谢他离开了我，没有他我不会这么快地学到，什么是坚强，什么是真爱，人为何要先懂得爱自己再去爱别人。

"他以为他离开了，我不会快乐，像电视里的女主角一样难过，可今天，我过得很快活。所谓的事，他曾说我做不到，而我终于明白什么人都不依靠。"

我对她说，电影《情书》里面，柏原崇饰演的男藤井树一直深爱着女藤井树，可南山先生徒有那样一双眼睛，骨子里却透着凉薄。

夏葵姑娘说："都过去了，我现在过得很好。"

而我却并不这样觉得。她后来又有过几个男朋友，可是最后都由于各种原因分了手。或许南山先生在她心里始终是一座墓碑，横亘在那里，挡住了别人通向她心里的路。

对错的爱情执着，受伤的总是自己。电影里，只需镜头切换，字幕上出现几个小字"二十年后"，然后红颜白发，一切有了结局。而现实的人生，三年五载，其实哪一分钟不需要生生地挨？夏葵姑娘的故事已经结束，空余下我们这些看客唏嘘不已。

【后记】

夏葵姑娘离开了，后来，她很久都没有再来过"树洞"小店。那一天，我翻开店里的记事簿，忽然发现她在上面留下的最后两个字是，再见。

我忽然十分想念她，想念她灿烂的笑容。于是我找到通讯录里的她，问她，现在好吗？

夏葵姑娘给我发了一张照片，依旧是素面朝天的脸，只是无名指上的戒指格外抢眼。终于，她与过去说了再见。

也许不会再看见，离别时微黄色的天。有些人注定不会再见，那些曾青涩的脸。没有谁真的离不开谁，你看，原来再深的伤痕也有愈合的那一天。从绝望中重生，才可以变得更加坚强，变得什么都不怕。

再见，那些回不去的过去；再见，那些不可预知的未来；再见，那些匆忙路过我们薄凉的生命，斑驳的青春，却留下那么多印记的人们。

放手：
/
洛颜姑娘
与若水先生

很多人看了我的故事以后，喜欢它们的人都会问我，"树洞"小店在哪儿，想看看"树洞"小店是什么样子。而洛颜姑娘就是其中一个。

她说："可惜我的城市距离你太远，去不了你的小店。但是我仍然想把我的故事讲给你听，可以吗？"

我说："可以。只要你愿意分享，我愿意倾听。"

于是她用微博私信给我她的故事，很长很长，我认真地看完，就像看连环画一样，一帧一帧，仿佛此刻的她就在我对面，我们是许久未见的老友一般，她用一种熟悉的口吻诉说着她的故事。

这个故事讲的是爱过，痛过，最终洛颜姑娘选择了放下。她说："很久以后，我开始回忆那段过去，唯一的遗憾就是没能在对的时间遇见。"

【一】

洛颜姑娘说，她现在在房间里喝水，打开窗户抽烟，趴在被子上数羊，看着时间一点一点地流淌。整夜整夜地睡不着，到了白天又睡不醒，看着这个空空荡荡的房间，她才知道她失去了他。

除了回忆，她就真的一无所有了。可怜的是，就连这所剩无几的回忆里，也要除去他，否则她就无法面对她自己。

而这个他就是若水先生。初遇他的时候，洛颜姑娘从没想过他们之间会有一段故事。

高一，作为学生会主席的若水先生亲自来收宣传稿件，而作为宣传委员的洛颜姑娘听着他的絮叨有一丝不耐烦，话还没说完她便以一句"我知道"打断，过了半秒钟，意识到若水先生好像有点尴尬，毕竟还有旁人在，却再也没说什么然后匆匆进了教室。

那时候，若水先生于洛颜姑娘来说不过是再普通不过的同学，甚至因为上次的小插曲还有些相互看不顺眼，她没想过会和他有交集，直到分班。

过去洛颜姑娘在的班被改为理科尖子班，而洛颜姑娘因为物理奇差毅然选择了文科，自然去了文科尖子班。

开学的那一天有太多陌生的面孔，而洛颜姑娘连一丝想要认识他们的心情都没有，她对那些杂七杂八的人不感兴趣。简单的自我介绍过后，除了以前认识的人，其他名字她一个也没记住。

过后的一年，他们甚至连一句话都没有说过。他依然做他的学生会主席，忙着各种各样的事，认识各种各样的人，开着无关紧要的玩笑，过着不咸不淡的生活。

而洛颜姑娘开始做别人眼中的冷艳学霸，不过是第一次一不小心考了第一，往后的日子就不敢再让自己从那个位置上掉下去。

不知道是因为日子过得太快，还是没有故事发生，到了现在，高二那一年是怎么过的，洛颜姑娘真的是一点也想不起来了。改变发生在高二的暑假，那应该是这么多年最短暂的暑假，没过几天就开始了高三的补课，没有人觉得不满，似乎为了高三都下定决心暗自努力。

洛颜姑娘一直都记得那一天，傍晚的夕阳很美。她和闺蜜吃过饭准备回学校，这一天也算完美收官。走到街角的炸酱面馆，意外偶遇了若水先生和另外两个同学。她们被告知最后三份饭已经被他们点了，于是坐下寒暄几句就准备起身离开。

一路向北，走到了闺蜜一直想去的那家装修精致的面馆，却不想没多久就接到了若水先生的电话，询问她们在哪里。

后来才知道若水先生是怕洛颜姑娘和闺蜜天黑回学校不安全，特意一路尾随却跟丢了，不得已才打电话想要送她们回去，一路上他们的话并不多，毕竟不熟。

可是洛颜姑娘的心里却第一次感到了温暖。

【二】

后来，意外的一天中午，有人加了洛颜姑娘为QQ好友，让她猜猜是谁。洛颜姑娘给出了准确的答案，若水先生有一丝意外，问她为什么会知道，她随意说了理由，那一届快男里他们都爱欧豪。

其实若水先生不知道的是他是通过班级群加的，自然就会有相应的备注出现。后来他们偶尔有三言两语的聊天，但两人并不熟络。

若水先生告诉洛颜姑娘，想问她一些关于音标的问题，洛颜姑娘说好，你来问就好。可一天两天过去，却发现若水先生并无动静。后来他犹豫地说不好意思来问，洛颜姑娘想想很是诧异，和那么多人打交道的他，那么爱说爱笑的他，那么开朗厚脸皮的他，居然告诉她，不好意思来问。

快到国庆的时候，若水先生和洛颜姑娘的闺蜜做了同桌，洛颜姑娘坐在他们后面，看着他和她打闹，心里忽然掠过一丝难过。

后来才知道，他们在一起谈论最多的话题，其实是洛颜姑娘。若水先生总是会旁敲侧击，话题总是有意无意间就落到她的身上。

他知道了洛颜姑娘的喜好，知道她喜欢三毛，知道她喜欢三毛与荷西之间的爱情。世上本没有完美的事，再奇的女子，也要在人间烟火中寻找情感的寄托。三毛选择了荷西，选择了她最能伸手触摸的幸福。这是三毛作为一个女人最快乐的一段时光。

【三】

月考过后按成绩重新排座位，洛颜姑娘成绩好，选了靠窗的一个角落。意外的是，若水先生选择了和她坐在一起。

洛颜姑娘是双子座姑娘，是个外人看来高冷，实则接触久了你会觉得她是疯子一样的姑娘。而若水先生是个从来都闲不住的人，于是莫名其妙地，他们的交流开始变多了。

作为跑校生的若水先生晚上总会有不会做的数学题，洛颜姑娘会每天给他发数学答案，渐渐地心里竟然开始有了一丝牵挂。十一月底的天气有点冷，坐在暖气旁边的洛颜姑娘左手很暖，右手却很冷。而某一节历史课上，若水先生第一次为洛颜姑娘暖手。

其实一直觉得两个人最好的状态不是在没有感情基础的情况下表白，而是等到洛颜姑娘慢慢喜欢上若水先生了之后他表白，她直接答应的感觉。

没有谁追谁，也没有什么你追多久我再答应之类的话。世界上最美好的事情莫过于你喜欢的人刚好也喜欢你。洛颜姑娘说，后来她才明白，彼此相爱的人遇见有多么不容易。

他们开始一起学习，一起努力，一起背那些仿佛永远背不会的书，一起做那些仿佛永远做不完的试卷。偶尔，他们也会偷懒，一起在周末出去，走很久的路，穿过家乡熟悉的每一条街。

身边朋友的不看好，老师的再三提醒与试探，太多人看着他们一路走来，他们真的是度过了一段不那么容易的日子。

若水先生有一个三十岁时带五岁儿子去看电影的梦想，而他说，她是帮他实现梦想的人。他们说熬过七年之痒就结婚，他们会有自己的家，他们会一起留在这个彼此都熟悉的城市。

他说："总有一天你会因为有我而自豪，虽然这个世界很大，但你就是我要找的那个她，是我生命中盛开不败的花。"

洛颜姑娘相信了，她是他的梦想。她觉得，他就是她的荷西。

【四】

时光匆匆，这大概是很多人惯用的语言，对洛颜姑娘来说，却是这一年最真切的感受。

有人说，高三很快，她不信，那时每天都是同样的生活，日子过得虽不单调，却是漫长的，他们有大把的时光。而当洛颜姑娘真正走过高三的分岔口，回过头看那时的路，才发觉这一年真的匆匆。

高考前的他们，约定一起去同一所大学，憧憬着离开炼狱般的高三生活，开始向往美好的大学，美好的未来。

可事实是，若水先生去了十三朝古都，那个他一直梦想去的地方。而洛颜姑娘留在家乡的首府，那个她一直不情愿待的地方。

他走的时候，对洛颜姑娘说："不要来送我，我害怕一看到你，就舍不得踏上列车。"可洛颜姑娘还是去了，在他看不见的地方，当列车徐徐开动掠过蓝色站牌，洛颜姑娘难过的脸上，泪水开始肆虐。

他们之间都有一些不舍，从那以后他们开始了一段异地的时光，谁都没有说破，却深知是彼此的依靠，是爱也是不舍。每天洛颜姑娘都会和若水先生聊天，诉说自己无限的思念。那段时间他们过得很好，似乎还是恋爱最初的模样。

矛盾是什么时候出现的，洛颜姑娘也不知道。爱的时候什么都不是问题，不爱的时候什么都成了问题。朋友圈子的不同，性格的不合适，一步步让他们走向分离。

时间和距离是他们最大的敌人，诱惑和新欢是不可避免的磨难。

终于有一天，若水先生说了分手，他遇见了充满傻气却同样勇敢的姑娘向他告白。那样子冒着傻气，傻气里又全是勇气，没有花言巧语，若水先生一脸狐疑却又满心欢喜，所以，他忍不住接受了她。

这让她有一点意外，却也实在是意料之中。可是若水先生的"离开我，你会过得更好"这样的借口实在拙劣。洛颜姑娘哭过闹过挽留过，却最终留不住若水先生。很遗憾，洛颜姑娘成了旧爱。

或许若水先生天生就是这样一个人，爱情对他而言，说给就给得出，说收就收得回。

【五】

洛颜姑娘说："我从未刻意隐瞒关于我对新鲜感的偏袒，可同时我又不由自主地沦陷在念旧的泥潭。"

这一年很平常，可对他们而言，却是一段不平常的时期，有着不一样的意义。

去年的这个时候，他们还在进行第一轮复习，老师告诉他们一模有多么重要，多少人还都不以为意。

接着是一月的一模，二月的失意，三月的二模，四月的三模，五月的焦虑，六月的高考，七月的等待，八月的准备，九月的起程，十月的迷茫，十一月的适应，十二月的忙碌。

有人说，最美的大学在高三，最美的高三在大一，这是真的。刚毕业的时候，洛颜姑娘确实没有太多感受，而日子越久，却越觉得那时真好。

其实人是不能闲下来的，一闲就会想太多，一闲就会感情泛滥，所谓矫情屁事多，空虚寂寞冷，不过都是因为懒散堕落闲。

每一个无所事事的午后，洛颜姑娘反复地打开冰箱，拿走一罐又一罐的冰啤酒。她反复地清理烟灰缸，洗干净了又弄脏。她想着他的样子抽烟，却吐不出一个烟圈，她想着他的样子失眠，所以梦不到他的脸。

分手是若水先生说的，所以当然不会给洛颜姑娘迂回的本钱。

我对洛颜姑娘说："你们都算是不错的人，可是，不错就只是不错，而不是对的人。"

可洛颜姑娘坚信，她遇见他是对的。她说，他第一次牵她的手，他的手热得发烫，而她的手，在等待他牵她的漫长过程中变得冰凉，他温暖了她，她就想要更多。

可分手后，他就不曾陪她一直聊天到天亮，他们之间仿佛隔着一面墙，成百上千句的话，洛颜姑娘说得那么漂亮，可他的"嗯"，让她的心变得冰凉，之后的不回复，就更是让她遍体鳞伤。

我问："这样不会累吗？"

她说："累，当然累，不光累，还有泪。"

时间久了，食物会变质，衣服会褪色，鞋子会磨平，铁会长满锈，花会枯萎凋谢，脸会长满皱纹，头发会变得苍白，人会变老。说什么时间是治愈的良药，时间不过是把你曾经在乎到要死的事转变成无所谓的烦琐小事。

【六】

而时隔几月，若水先生说他和那个她分手了，她去找了她的旧爱，而若水先生跑来找他的旧爱。或许是冲动，或许是看过太多人才知道谁最好，或许只是寂寞了受伤了想找个依靠。

若是在从前，洛颜姑娘定会欣喜地答应他，可是现在，她早已不是当初的她了。她说，丢弃的东西不应该再捡起来，即使曾经再美好。她不再相信他的承诺，毅然决然地拒绝了他的复合。

往后的日子，他们不聊QQ、微信，只打电话，难过的时候，喝醉的时候，无聊的时候，朋友还是备胎，关系已并不明了。是知己也是前任，他们都太懂对方。

若水先生曾说等他毕业回来，如果他们还有可能在一起。

而洛颜姑娘勇敢地说："不，我等不了你，我们以后不会在一起，真的，无论是你回来还是我离开。不能帮你实现梦想我很遗憾，但至少我不后悔。"

三毛说，有的人走了就再也没回来过，所以，等待和犹豫才是这个世界上最无情的杀手。

【七】

有时候，洛颜姑娘会去看看那年今日，看看一年两年前的今天都发生了什么，有时候会意外地发现那时自己给别人的评论，于是不免又要感慨一番。

我感慨道，时间改变的不只是我们本身，更多的是我们与他人之间的感情，时间帮我们过滤掉那些中途退场的人，也为我们寻觅出那些不离不弃的人。而没有了若水先生，洛颜姑娘还很庆幸，她身边依然有很多未曾离开的人。

不知道从什么时候开始，洛颜姑娘一年一定要写上两篇日志。我想，这大概是一个好习惯，这样洛颜姑娘就能以这种方式回顾自己的过去，看到自己的改变。

现在他们都在彼此的列表中，很久不联系，洛颜姑娘是不想触碰，刻意回避，而若水先生呢？我们不得而知。

洛颜姑娘说："我记得最清晰的一次是我们坐在一起沉默着删彼此留言板的情景，那种心情我这辈子都不想再体会一遍。我现在也终于体会到，不是你删掉些什么，那些记忆就真的不存在了，该记得的仍会记得，忘记了的就顺其自然。"

我对洛颜姑娘说："不必刻意忘记，就让他永远活在心里，不必刻意找别的人，也不必刻意回避别的人，时间带走的都会以另一种方式回归给我们。"

她说："我从来都不会后悔我所做过的决定，即便反反复复曲曲折折磕磕绊绊走到现在，我也觉得那些为爱执着过的日子都格外美好。一直觉得人的脆弱和坚强都超乎自己的想象，有时候可能因为脆弱的一句话就泪流满面，有时候也发现自己咬着牙走了很长的路。"

而现在，我忽然觉得我最初的坚持是正确的，深情而不纠缠，这应该是最好的状态。只是一起走过一段路而已，何必把怀念弄得比过程还长。继续坚定地前行，寻找喜欢的东西，碰到真爱的人，去做正确的事。

有些事，你把它藏在心里也许更好，等时间长了，回过头去看它，也就变成了故事。

【后记】

《匆匆那年》上映的时候，洛颜姑娘提前去看了首映礼。影片中的主人公多少和他们的曾经有些相似。

青春的时候谁都有些这样单纯的故事。故事的最后为我们留下遐想，方茴和陈寻最后到底有没有在一起，我们不得而知，但洛颜姑娘愿意相信，他们的结局是圆满的。

不能说这种类型的片子拍得有多好，只能说它确确实实能触动到内心，那些学生时代的纠纠缠缠谁没感受过呢。

从开始没多久的时候就被感动到，一直到后来不停地掉眼泪，到最后洛颜姑娘平静地看完整部电影，忽然觉得那些看不开的也都看得开了，时间会让他们明白一切。

而他们的以后，也交给时间。

写完这个故事的时候，店里的音乐正好随机播放到周杰伦的《晴天》。

为你翘课的那一天，

花落的那一天，

教室的那一间，

我怎么看不见。

消失的下雨天，

我好想再淋一遍。

没想到失去的勇气，

我还留着，

好想再问一遍，

你会等待还是离开。

刮风这天，

我试过握着你手。

但偏偏，

雨渐渐，

大到我看你不见。

还要多久，

我才能在你身边。

等到放晴的那天，

也许我会比较好一点。

从前从前，

有个人爱你很久。

但偏偏，风渐渐，

把距离吹得好远。

好不容易，

又能再多爱一天。

但故事的最后，

你好像还是说了，

拜拜。

第四辑

" 我仍然
相信爱情
"

铭
记
：

白露姑娘
与慕舟先生

　　白露姑娘来到我的"树洞"小店的时候，送给了我一束"满天星"，用精美的纸包扎起来。她说："我看过你写的故事，我想，你一定十分喜欢它。"

　　是的，我非常喜欢。于是我找来最珍爱的花瓶，把它插在里面，摆在店里最显眼的地方。

　　白露姑娘说，她现在开了一家花店。每天侍弄这些花花草草，做着自己喜欢的事情，不被俗尘凡事所打扰，很是惬意。

　　我说："我其实很羡慕你。"可她摇摇头说："如果你听了我的故事，或许你就不会这样想了。"

蒹葭苍苍，白露为霜，所谓伊人，在水一方。忽然想起《诗经》里的这句话。从前我听过许多故事，但无疑，白露姑娘与慕舟先生的故事是最悲伤的一个。这个故事十分简单，但每次想起就会觉得十分难过，只是我的笔触却写不出它的灵魂。

世界上永远没有感同身受这回事儿，生命有多脆弱，你永远也不会知道。厄运没有发生在你身上，你就永远也不知道那些伤疤有多痛。

韩寒以前写过这样一段话：有时候，"虚惊一场"这四个字是人世间最美好的成语，比起什么兴高采烈、五彩缤纷、一帆风顺都要美好百倍。你可懂什么叫失去？这些时间来，更觉如此。

愿所有悲伤恐惧都能过去，世外之人更懂珍惜。

【一】

白露姑娘说，她和慕舟先生是高中同学，有着莫名的缘分，同班了三年。但是因为彼此内敛的个性，他们之间却并没有多少交集。

她对他唯一的印象是慕舟先生当时偏科很严重，理科尤其好。高一没有分科之前，他的成绩平平，而白露姑娘一直名列前茅。在来到了理科班之后，慕舟先生的成绩直线上升，与白露姑娘的成绩正好成反比。

白露姑娘总是很吃力也计算不出来的物理题，拿给慕舟先生看，他总是能很快地解答出来。他们都是班里很乖的学生，好好学习，天天向上，为了自己大大的梦想而小小地努力着。

高考过后，白露姑娘与慕舟先生也断了联系。她一直以为，慕舟先生不过是她那么多同学中最普通的一个。却没有想到，原来，他不是过客，而是在她日后的生命里扮演了最重要的角色。

白露姑娘是在火车站遇到慕舟先生的。她说车站真是一个很好的地方，既充满着离别的痛苦，也有着久别重逢的喜悦。

以至于很多年以后，她喜欢上了一个叫李健的歌手，听到那首《车站》的时候，她还恍惚看见慕舟先生就坐在她身边，给她一个肩，让她可以依靠。

车窗外恋人相拥 还在难舍难离

汽笛声突然响起 那姑娘满眼焦急

不觉中下起雨来 在黄昏的站台

她终于上了列车 却一直望向窗外

当列车徐徐开动 掠过蓝色站牌

我看见她难过的脸 如此苍白

伴随雨点敲击车窗 她的泪流下来

我赶紧转过头去让我视线离开

不知是甜蜜的伤感还是无奈

天色暗了下来 人们开始了等待

我想起多年以前 像今天的画面

以为告别还会再见 哪知道一去不还

列车要奔向何方 我竟一丝慌张

夜色中车厢静悄悄 那姑娘已经睡着

当列车飞奔下一站的爱恨离别

我仿佛看见车窗外换了季节

在这一瞬间忘了要去向哪里的深夜

我不知道我还有多少相聚分别

就像这列车也不能随意停歇

匆匆掠过的不仅仅是窗外的世界

【二】

往前翻，时间似乎一下子跳跃到了六年前。那是白露姑娘去上大学，第一次一个人远行，拎着重重的行李箱。在候车室里，她意外地遇见了慕舟先生。

是的，车票上他们有着相同的目的地。更巧的是，白露姑娘是卧铺上铺，而慕舟先生刚好是同一车厢下铺。他对她说："你上去不方便，我还是和你换换，你睡下铺吧。"白露姑娘点点头。

晚上睡觉的时候，他们中间隔着一个中铺，是个中年男子，鼾声如雷，于是两人注定一夜无眠。第二天早上，列车抵达终点站。他们一起下了车，而他们的学校并不在一处，慕舟先生送白露姑娘上了公交车以后，才回到了自己的学校。

白露姑娘说，这是她第一次一个人去那么远的地方，一切都是那么陌生，学校里的老乡并不多。所以，她总是感觉慕舟先生特别亲切。可是，他们是一类人，都是那种把感情埋在心底不善于表达的人。因此，他们的联系并不多。

后来，时间一晃，就到了寒假。春节的时候，白露姑娘没有买到卧铺车票，而慕舟先生抢到了一张。他想把票让给白露姑娘，可是白露姑娘说："没关系，不就是坐一晚上吗？我可以的。"

两人争执了半天，才最终达成了共识，一人睡一半的时间。白露姑娘说："现在我先睡下，等到晚上的时候，你再叫我起来。"可是那天晚上，慕舟先生并没有叫醒白露姑娘，他就那样坐了一宿。第二天白露姑娘很是自责，下车之后执意要请慕舟先生吃饭。

而返校的时候，白露姑娘偷偷避开了慕舟先生，一个人坐在自己的硬座上，可是，没想到，慕舟先生把自己的卧铺票与她旁边的人换了，那个人屁颠儿屁颠儿地去了卧铺车厢。

只剩下白露姑娘和慕舟先生两个人面面相觑。白露姑娘说："你是不是傻啊？"慕舟先生笑着摸摸脑袋。

晚上的时候，白露姑娘坐着睡着了，醒来的时候，她靠在慕舟先生的肩膀上。慕舟先生还没醒过来，她没有动，就那样静静靠着他，感受他的呼吸声和心跳声。

那一瞬间，仿若就是天长地久。

她觉得她是喜欢上慕舟先生了，虽然他们总共才没见过几次面，可是，和他在一起，她觉得很心安。

【三】

后来在白露姑娘过生日的时候，慕舟先生从学校特意赶过来给她过生日，他拿了一个芭比娃娃形状的蛋糕，可是当他们打开的那一刻，蛋糕还是变形了。芭比娃娃笑得很难看，可是白露姑娘笑得很好看，他们在一起了。

还有什么比两个相爱的人在一起更幸福的事情呢。白露姑娘说，慕舟先生对她很好。他们在一起过得很开心。每周末，慕舟先生都会坐公交车来白露姑娘的学校。他们一起去图书馆上自习，一起去看喜欢的电影，一起拉着手背着单反出去旅行，一起在每张相片上留下最灿烂的笑容。

一切都这样愉快地进行着，他们想象着未来，他们会步入婚姻的殿堂，会幸福美满，会儿孙满堂。

慕舟先生所在的大学是一所以海洋命名的大学。所以毕业以后，他当了一名水手。而白露姑娘因为成绩优秀，毕业以后顺利进了一家银行，每天朝九晚五地工作。

慕舟先生经常出海，一走就是几个月。白露姑娘说，大多时候，是她一个人待在出租屋里，可是她却不觉得寂寞。有人说，陪伴是最长情的告白，可是，虽然他不在她身边，但是白露姑娘觉得他就是上天赐予她的最好的礼物。

　　慕舟先生说，再给他几年时间，等他不做水手了，他们就一起，在这座小城市里开一家花店，以白露姑娘的名字命名。他知道，白露姑娘最喜欢花。

　　可是，这一切，都成为了一场梦。

　　白露姑娘说到这里的时候，情绪似乎有些激动。我去拿杯子给她沏了杯咖啡，回来的时候，却发现她满脸泪水，我安慰她："会过去的，一切都会过去的。"

　　等她心情稍微平静以后，她才撕开已经愈合的伤口，娓娓道来那一段不愿回忆的过去。

【四】

　　过年的时候，到处都洋溢着喜悦的气氛。慕舟先生带着她第一次回他的家乡，那里有清澈的湖水，空气中弥漫着泥土的芳香。她第一次见到了他的父母，他的父母很好，对她也很是满意。

　　他是家中的独子，他的母亲说，一直想要个女儿，这样多好，他们会把她当亲生女儿一样看待的。一切都这么有条不紊地进行着。

　　那天中午，慕舟先生说去集市买菜，白露姑娘就在家等着他，等他回来一起包饺子。可是过了中午十二点，人还没有回来。

　　白露姑娘说到这里的时候，声音有些哽咽："我已经和好了面粉，擀好了饺子皮，就等他回来剁饺子馅，然后一家人团团圆圆在一起看春晚吃饺子，那该多幸福啊。我一直在等他，可我没想到，我等不到他回来了。"

　　是的，慕舟先生离开了。

　　白露姑娘是被村子里的人叫出来的，他们说，慕舟先生出事了。等白露姑娘再见到慕舟先生的时候，只有冰冷的身体，他已经听不到她说话了。

　　白露姑娘说，她当时就晕了过去。醒来才听别人说，村子去集市的路上有个湖，湖中心有个小亭，亭子的栏杆长年失修，慕舟先生和两个村子里的小女孩不小心掉进了湖里，两个小女孩儿被人救了上来，而慕舟先生却永远沉没在了湖底。

　　女孩儿的母亲说，慕舟先生是不小心掉进去的。可是她不相信，慕舟先生水性很好，就算是这样的寒冬在水里也应该没问题。

　　她认为慕舟先生一定是为了救小女孩儿才跳进湖水里的，她想让他安心地离开，可是却没有人承认他见义勇为的称号。

慕舟先生的母亲当时就因为心脏病突发进了医院，父亲一直陪在医院里。她说，她不能倒下，她要为慕舟先生讨一个公道。

【五】

她找到事发的小女孩，可是小女孩对她说："我和妈妈、妹妹在亭子里玩耍，一个男的走过来，背靠护栏，一只脚蹬在护栏上，拿着手机玩，这时护栏突然断裂，那个男的还有我和妹妹都掉进湖里了。"

没有人相信小孩子会说谎。可是白露姑娘分明看到慕舟先生身上没有穿外套，而他的手机也是落在了长椅上而不是水中。

她联系同学，把事情的原始本末发给各个媒体新闻。后来事情被报道之后，在舆论的压力下，小女孩儿的母亲才说出了事情的真相。

白露姑娘永远都记得那一天，那是2015年2月26号的下午。孩子的母亲带着她的三个孩子在湖边玩耍，其中两个女儿在人工湖中间的凉亭栏杆旁玩，两个女儿均是面朝北背对着护栏。此时，儿子向另外一方跑去，她便去追儿子。

　　就在这时在凉亭栏杆旁玩耍的两个女儿扑通一声掉进了水里，栏杆也断了。她当时大脑一片空白，不知道如何是好，只是一味地吆喝救命。

　　大概过了一两分钟，从远处跑过来一个男孩，就是慕舟先生。随后他就脱下外套，将手机扔在地下，撸起袖子就跳下去了。可是因为小女孩穿的羽绒服浸了水太重，慕舟先生在用力把她们推上岸以后，自己却因体力不支，再也没有上来。

　　因为怕担责任，怕赔偿损失，孩子的母亲选择了说谎。可是，人都没了，要那些赔偿还有什么用呢。

　　最后，在慕舟先生的墓前，孩子的母亲道了歉。慕舟先生被追授为全国优秀大学生、践行社会主义核心价值观先进个人标兵、见义勇为青年英雄，被追认为中国共产党党员。

　　他得到了他应有的荣誉与尊敬。白露姑娘说："那是我唯一能为他做的事情了。"

【六】

　　在整理慕舟先生遗物的时候，白露姑娘意外地在他的枕头下面发现了一个包装精美的小盒子，打开来，是一枚戒指。

　　她忽然觉得这些日子里所有的悲伤一下子奔涌而出，将她席卷包裹。冰冷的房间里，她忽然想起他们曾经畅想的那个很好的未来，两人甚至在某些时候，都已经开始打算房子装修成什么样的，墙要漆成什么颜色，买什么样的窗帘，床要买成圆形的还是长方形的。

　　她说："我们一起商量，房间的装修风格一定要温馨一点。慕舟先生说小孩子的房子要刷成浅蓝色的。可我不同意，觉得粉红色更合适，为了这个我们还有争议，最后他妥协了。有次开玩笑他问我喜欢男孩还是女孩，我说喜欢女孩，他还故意说要男孩。他也说过，他要娶我，然后开一家花店。"

　　可是他在哪里呢？

　　过了很久的某一天，白露姑娘走在路上，不知道哪家小店放着宋冬野的那首《安河桥》，当她无意中听到那句"你回家了，我在等你呢"的时候，一个人蹲在马路边，不顾行人的驻足观看，哭得不能自已。

　　　　让我再尝一口

　　　　秋天的酒

　　　　一直往南方开

　　　　不会太久

让我再听一遍

最美的那一句

你回家了

我在等你呢

我知道 那些夏天

就像你一样回不来

我也不会再对谁满怀期待

我知道 这个世界

每天都有太多遗憾

所以你好

再见

……

后来，白露姑娘辞了工作，开了一家花店。花店的名字是，爱慕。她爱他，在他离开以后。她也只能以这种方式纪念他。

每到过年过节，她总是会定期去看望慕舟先生的父母亲，他们因儿子的离世瞬间苍老了许多。白露姑娘说："没能成为你们的儿媳妇，但我永远是你们的女儿。"

【七】

我很心疼她，说："不要把自己沉浸在悲伤里，慕舟先生也不会开心。他那么爱你，肯定希望你快乐，一直快乐下去。"

白露姑娘说："是啊，人生就是这么残酷，我甚至都没来得及好好跟他告别。他离开了我，我却还要坚持活下去，活得更好。我总会忘了他，然后爱别人。可是，在忘了他之前，我要好好记住他。"

白露姑娘离开了。我不知道她去了哪里，只是一个人没来由地难过。通过她的叙述，我似乎也能感受得到慕舟先生是那样一个温暖的男孩子。

这一切发生得太突然，她这么柔弱的姑娘，却默默承担着这一切，我无法想象她是怎样度过那一段日子的，而她的悲伤，我能体会到的只怕万分之一都不到。

后来的一天，意外地，我在"树洞"小店收到了一沓明信片，不同地方的明信片。那是白露姑娘与慕舟先生曾经走过的地方，明信片里的她笑得很灿烂，我想，她是想让慕舟先生看到，她现在很快乐。

白露姑娘走过的最后一个地点是她和慕舟先生曾经一起约好要去的地方。那是美国最北边的巴罗小镇，在那儿的大街上都可以看到北极熊，每年的五月到八月，太阳都不会落到地平线下，那里的午夜都有阳光。

我不知道未来的白露姑娘会爱上谁，嫁给谁，但是，慕舟先生永远都会在她心里占据一个很重要的位置，那是她一辈子里最美好的回忆。

【后记】

在偶然的一个午后，"树洞"小店里的音乐响起来，放的是《如果时光倒流》。

走了很远才回过头

身处冰冷的寒流

再没有你牵我的手

不顾一切对我挽留

我一个人要怎么走

在没有你的路口

孤单时候谁在身后

幸福向左还是向右

如果时光可以倒流

你是否为我放弃所有

然后幸福快乐一起颤抖

交换温柔

我可以忘记了所有

但只要记住你的双眸

记得你的右手那种温柔

是因为我直到永久

　　我总是在想，如果时光倒流，慕舟先生没有离开，他们也会像最平凡的夫妻一样，得一心人，白首不离。可是，死亡却把他们永远地分开了。

　　有时候，你会觉得，比起死亡，一切都显得那么微不足道。在不在一起，他爱不爱你，都没关系。只要他还在，过得幸福，哪怕这份幸福没有你，你都会觉得很满足。

　　韩寒的电影《平凡之路》里曾经说过这样一段话："每一

次告别，最好用力一点。多说一句，可能就是最后一句；多看一眼，可能就是最后一眼。"

　　所以，趁着阳光正好，去见见你喜欢的人吧。

温暖：

茜子姑娘
与古灵先生

　　年纪大了，记忆总会有些不好。过了这么多年，我现在已经不大记得茜子姑娘第一次来"树洞"小店时的情景了。

　　而我渐渐注意到她的时候，她已经是这里的常客了。我对她很是好奇，因为每次来这里的时候，她总是一声不吭地坐在角落里，安静地看书。

　　有时候我们会喊她一块儿聊天，她也只是笑着摆摆手，继续看她的书。每次我的目光无意中扫过她的时候，总会看见她的眉宇之间像是有着解不开的愁绪，让人心疼。我一直想知道她的故事，可她却从未来找过我。

　　但意外的某一天，茜子姑娘小心翼翼地坐到了我的对面，轻声对我说："你有没有过一种感觉，仿佛一生都无法摆脱往事的感觉？"

　　我说："我其实不太懂这种感觉。但每个来这里讲故事的人，似乎都是那些深陷在回忆里的人。"

　　她望向窗外，看着外面蔚蓝的天空，过了片刻，转头对我说："我费了好大的力气才藏起所有思念，像一个记性不好的人，这样隐忍而平静地活着。而今我就要离开这座城市了，可回忆一直缠着我，不让我往前走。所以我想把我的故事讲给你，你替我保存着它吧。"

　　茜子姑娘讲述自己的故事的时候，神情有些恍惚，语调平静而安和，仿佛在诉说着另一个人的故事，这些都与她无关。她的眼睛很美，有着很长的睫毛，可是眼眸里却透着空洞无神，我猜不出她回忆那些往事的时候，哪一刻是喜悦的，哪一刻是悲伤的。她就静静地坐在那里，仿佛就是一个什么呢，对，像是木偶。

　　她的声音很小，我听得格外认真。有些时候，甚至断断续续没有听清楚她的叙述，可我不忍打断她，只能根据前后推测出故事发生的脉络。

　　有人说，经过了那么多痛彻心扉的瞬间，我无法再去相信爱情。可是你相信命运吗？你相信命中注定有一个人是与你逃不掉分不开的吗？你们注定纠缠在一起，至死方休。

我今天讲的就是茜子姑娘和古灵先生的故事。这个故事很漫长，我断断续续地写了很久。而直到今年七月末的时候，它才迎来了真正的结局。这是一个过程虽然曲折，但结局非常温暖的故事。无论命运如何愚弄，也终究抵不过两个人彼此相爱的力量。

兜兜转转，原来，她和他还在这里。

【一】

故事从茜子姑娘第一次见到古灵先生说起。那时他们正处于水深火热的高三。

开学一周后的某天，茜子姑娘坐在最后一排的角落里低头看书，忽然教室的后门嘎吱一声被推开了，茜子姑娘转过头来，就看见穿着黑色T恤的古灵先生抱着书走进了教室。

隔了这么多年，她以为她早已遗忘，可现在回忆起来，仿佛还如昨天。她永远记得那个场景，古灵先生有着深邃的眼神，如阳光般温暖的笑容。

他走到茜子姑娘桌子旁的空位上，问："这里有人吗？"被告知没有以后，他就坐在了这里。茜子姑娘另一边的同桌高兴地犯起花痴，偷偷对茜子姑娘说："刚听说今天会来一个插班生，没想到长这么帅啊。"

茜子姑娘没有说话，可仍会偷偷地看他。她没有想到，就是眼前这个人，在之后的岁月里，给了她那么多悲伤与欢乐。

古灵先生的到来并没有给班级带来多大的轰动。毕竟，在重点高中里，每个人都铭记着自己的使命。他们亦是如此。

古灵先生是个开朗幽默的先生。虽然晚来了一周，但没过多久就和班级里的其他人打成了一片。茜子姑娘有两个同寝室的好闺蜜，但与她不同的是，她们热情而开朗，渐渐地与古灵先生也成了哥们儿。但这其中，并不包括茜子姑娘。

后来有一次，古灵先生吃饭时饭卡余额显示为零，于是死缠烂打让茜子姑娘的闺蜜们请他吃饭。就这样自然而然地，他们四个一起组团去食堂吃饭。如果说从前的茜子姑娘与古灵先生只能算是同学，到这个时候两人已经成为了朋友。

而真正让他们关系更进一步的是，一次月考按成绩调换座位，茜子姑娘成绩好，先选择了别人不易打扰的靠窗位置，而排在后面的古灵先生走进教室时，已经没有多少空位置了，于是选择了坐在她的后面。

【二】

古灵先生在遇到不会做的试题的时候，总会拍拍前面的茜子姑娘，而茜子姑娘总会耐心给他讲解。有时候碰上她也解不出来的难题，她总是会红着脸对古灵先生说："这道题我也不会，你去问别人吧。"这时候他就会笑着说："原来也有你不会的啊。"

他们渐渐变得很要好，古灵先生有时候会讲一点也不好笑的笑话给她听，有时候也会在茜子姑娘偷偷看小说的时候把小说抢过来自己看。

手机在那个时候并不多见，因为住校，茜子姑娘有一部旧式手机，平时用来与家人联系。可有一天晚上，她意外地收到一条短信，是古灵先生发来的短信。内容却是古灵先生说白天看茜子姑娘的小说没有看懂，茜子姑娘笑着给他回复：一个大男生看得懂女孩子这么细腻的心思才怪。

后来，茜子姑娘总会时不时地收到古灵先生的短信。有时或许是白天没有解答出来的问题，有时或许是无聊至极的玩笑。

茜子姑娘有一次说，自己早上跑操总是迟到，古灵先生随口说："那我早上叫你好了。"于是每天早上五点四十分，古灵先生准时给茜子姑娘打电话，茜子姑娘总是按下红键，然后起床。

　　体育课的时候，古灵先生总会在球场与其他男生一起打篮球，茜子姑娘她们就买了零食在一旁看着。那时候的她觉得古灵先生就像是一束阳光，照亮了她从前黯淡的生活。但她只敢远远地看着他，却从不曾因为古灵先生进球而如其他人般激动地喊出来。

　　为了活跃高三沉闷的气氛，学校举办了一场篮球赛，古灵先生在操场上比赛，而茜子姑娘是啦啦队员，负责给他们送水。比赛结束的时候，茜子姑娘也顾不上他们的班级到底是输是赢，只记得古灵先生跑过来，拿走了她手中的矿泉水，说："谢谢你专门来给我送水啊，刚才我打球打得怎么样？进了几个？"她红着脸说："我没数。"然后古灵先生笑着和队友一起走了。

　　茜子姑娘说，她是个运动白痴，对体育赛事也不感兴趣，可后来每当看到有篮球比赛的时候，她总会驻足看一会儿，看着看着，似乎就觉得球场上的不是别人，还是她的古灵先生。

　　十一月的时候，古灵先生要过生日了。茜子姑娘她们去广播站点了一首歌，她至今都记得那首歌，是周杰伦的《星晴》，那是古灵先生当时最喜欢的一首歌。她希望他的梦想，全部实现。

乘着风游荡在蓝天边

一片云掉落在我面前

捏成你的形状

随风跟着我

一口一口吃掉忧愁

载着你仿佛载着阳光

不管到哪里都是晴天

蝴蝶自在飞

花也布满天

一朵一朵因你而香

试图让夕阳飞翔

带领你我环绕大自然

迎着风开始共度每一天

手牵手一步两步三步四步望着天

看星星一颗两颗三颗四颗连成线

背着背默默许下心愿

看远方的星是否听得见

手牵手一步两步三步四步望着天

看星星一颗两颗三颗四颗连成线

背着背默默许下心愿

看远方的星如果听得见

它一定实现

　　而就在他生日的那天晚上，古灵先生给茜子姑娘发了这样的短信：你愿意做我的女朋友吗？要是换作别人，肯定高兴得快要死掉了。可茜子姑娘高兴之外却感到更加沉重。她翻来覆去想了一个晚上，这是她第一次收到别人的告白。

　　老师的谆谆教导还在耳旁，父母期盼的眼光也在眼前浮现。她不想让他们失望。可是她问自己，喜欢他吗？当然喜欢，她很喜欢很喜欢古灵先生。可是，要是真的做了他的女朋友，她从来没有想过，也不敢去想。

　　于是在黎明即将到来的时候，茜子姑娘回复他说：我愿意，但不是现在。总归，高考对他们有多重要，彼此心知肚明。

【三】

　　但他们也是有过一段十分快乐的时光的。茜子姑娘说："你可能会觉得我很矫情，但是只有经历过的人才懂得，那时仿佛就是炼狱般的生活。"

如果不是因为有古灵先生，如果不是他们在一起那一段美好的时光，她多么想把这一段记忆从脑海中抹去。后来无论多难熬的日子，每当她想起这一段时光，嘴角还是会不自觉上扬。

古灵先生对她很好，非常好。他会在每一个清晨喊她起床，会在每一个早上吃早餐的时候给她剥鸡蛋，会替她拿重重的书包，会在冬天饭后细心地洗他们的快餐杯。

他们也会在晚上的操场上一圈一圈地走，看着头顶的星星，说着自己未来的理想，说着那些远大的抱负。不知在哪一天，他们第一次牵了手。茜子姑娘说，他的手很凉，可他的手很大很温暖。很久以后，别人也曾试图牵起她的手，可是她却再也找不回当初的那份感觉。

他们还有许多美好的时候，比如：

冬至的那一天，古灵先生去了学校外面，专程回来给茜子姑娘买了饺子。茜子姑娘说，她其实并不喜欢吃饺子，可是她觉得那一天的饺子，从未有过的好吃，以至于他们分开很久以后，茜子姑娘每次吃到不同口味的饺子，总感觉都是一个味道，那时的味道。

平安夜圣诞节，茜子姑娘送给了古灵先生一个苹果，还有一张小纸条，上面写着：You are the apple of my eye.

她说，这似乎是她对古灵先生说过的最动人的情话，可这也花光了她所有的勇气。她说，我这辈子，永远不会对第二个人说这句话。

元旦，新的一年开始。班级里开了一个小型的晚会。古灵先生唱了一首歌，周杰伦的《简单爱》。

说不上为什么

我变得很主动

若爱上一个人

什么都会值得去做

我想大声宣布

对你依依不舍

连隔壁邻居都猜到

我现在的感受

河边的风

在吹着头发飘动

牵着你的手

一阵莫名感动

我想带你

回我的外婆家

一起看着日落

一直到我们都睡着

我想就这样牵着

你的手不放开

爱能不能够永远

单纯没有悲哀

我想带你骑单车

我想和你看棒球

想这样没担忧

唱着歌一直走

……

后来，他偷偷告诉她说，那是唱给她一个人听的。那是她第一次听他唱歌，而且是为她唱的。她从未有过的感动。

那时候，她喜欢的歌手是王菲。她发短信给古灵先生说：王菲嫁人以后比以前好像胖了一点，李亚鹏肯定待她很好。古灵先生说：我也会待你很好。可后来，茜子姑娘说，原来真的没有什么可以永垂不朽，王菲和李亚鹏还是分了手。

他们过的第一个情人节，古灵先生送给了茜子姑娘一盒德芙。茜子姑娘送给了他一个笔记本，里面是茜子姑娘的一张照片。而那盒巧克力茜子姑娘一直舍不得吃，她想把那份甜蜜保存得久一点。

【四】

可事实是，这份甜蜜却如此短暂。而毁掉这一切的，茜子姑娘平静地说，是她自己。

她看我似乎有些吃惊，于是接着说道："当你喜欢一个人的时候，你就会无限放大他的光芒，而同时也会无限放大自己的缺点。"茜子姑娘没有继续说下去，而是撩起厚厚的刘海，我赫然看见她的右额有一条长长的疤痕。其实并不是很明显，如果不仔细看的话，是看不出来的。

茜子姑娘说，她出生于一个非常普通的家庭，父亲年轻时酗酒，而母亲是传统的女子，一直容忍着父亲。她小时候看得最多的就是父亲喝完酒摔东西，而母亲只会在一旁暗自垂泪。

有一次，她的父母起了争执，小小年纪的她试图拦住喝醉了的父亲，可惜力气太小，她被父亲不耐烦地推到了一边，却不想碰到了玻璃桌角。吓傻了的母亲赶紧抱着她去医院，缝了整整八针。

从那以后，父亲喝酒是比以前少了，与母亲也很少再起争执，对她也很好，可她感觉得到，那是愧疚，不是爱。她一直不明白，她很听父亲的话，可是却始终得不到他的喜欢。直到后来她上小学三年级的时候，弟弟的出生让她看到了父亲脸上从未有过的笑容。

她爱她的弟弟，可也十分嫉妒他。家里的重心都落在弟弟身上，没有人关心她，没有人知道她喜欢什么、想要什么。她只有在每次考试拿到很好的成绩之后才能看到父母欣慰的笑容，于是她只能学习，学得好，学得更好。除此之外，她也不知道自己还能做些什么。

那个时候，和她同龄的小姑娘们总是被打扮得像个公主，而她只能把自己裹在宽大的校服里面，用厚厚的刘海遮住额前丑陋的疤痕，她变得敏感而自卑。而即使后来茜子姑娘变得很好很优秀的时候，那种自卑还是像影子一般伴随着她。

于是古灵先生越是对她好，她越是隐隐不安，生怕古灵先生看到她的不好，看到她原本并不美丽的脸上还有这样一条丑陋的疤痕。

那一天真的来了。有一次他们在窗边聊天，风吹过来，掀起了茜子姑娘的刘海，而古灵先生就站在她的右边。他看见了，看见了这样一条疤痕，或许他只是无意中问了一句："你额头怎么回事？"

她连忙抚平刘海，只是说，从前留下的疤，然后匆匆回到了教室里。可这句话在茜子姑娘敏感的心里仿佛就是一根刺，横亘在那里，挥之不去。

后来有一次，她无意中在上厕所的路上听到有人在议论着他们，古灵先生怎么会和茜子姑娘在一起，她长得又不好看，根本配不上他嘛。别人都是男才女貌，他们明明是男貌女才啊。然后一阵讥笑。

茜子姑娘呆住了，是的，她也一直想不明白，明明有那么多比她美丽的姑娘，为什么古灵先生偏偏会喜欢最不起眼的自己。她觉得古灵先生就是天边最亮的那颗星，她一直想要踮起脚尖摘取的那颗星。可是当有一天，这颗星星真的掉到了她的手里，她却觉得自己承受不了这份光芒。

她一个人偷偷地看着镜子中的自己，越发觉得自己如此丑陋。她太在意别人的眼光，尤其是古灵先生的眼光，她觉得，连她都不喜欢镜子里的自己，古灵先生怎么会喜欢。

【五】

于是，她本能地开始躲着古灵先生，有意地拉开他们之间的距离。

又一次考试，茜子姑娘考得出奇的好，得到了可以分到实验班学习的机会。于是茜子姑娘默默抱着自己的书，古灵先生帮她搬着桌子，去了实验班，一路上，他们都没有说话。

后来，学习越来越紧张，老师、父母、自己还有古灵先生像是一座座大山压得茜子姑娘喘不过气来。终于有一天，在一场数学考试的时候，茜子姑娘头痛欲裂，疼得狠了就往墙上撞。

茜子姑娘一度以为自己得了绝症，她甚至一度想了许多告别的话语。可现实生活不是狗血的韩剧，哪有那么多不治之症。她去医院做了脑CT，显示并没有问题。医生说那仅仅是因为压力过大而引起的神经性头痛。于是茜子姑娘每天吃白色的苦得要死的药片，可是却并不见效。

后来茜子姑娘申请了走读，每天回家吃饭，回家睡觉，老师看她憔悴的样子也不忍心，于是准许了。从那以后，茜子姑娘与古灵先生的联系就更少了。而没日没夜的试题海洋，也似乎要将他们淹没在里面。

他们之间最后的联系应该是在考试前的一个月。那时候，他们也会说很多彼此鼓励的话语。古灵先生把它们写在纸上，叠成一颗颗心形的样子，送给茜子姑娘。

终于，考试的那一天还是来临了。出了考场，外面都是焦急等待自己孩子的家长们。可茜子姑娘只有一个人，蹬着自行车拼命往家骑，她想忍住泪水，不想让别人看见她的哭泣。可是她没有忍住，一路骑，一路流眼泪。是的，她考砸了，从她交卷子的那一刻，她就知道。

成绩出来之后，果真是她高三一年来从来没有过的差，本来稳稳地能考上重点大学的她，最终只勉强过了一本分数线。她看到了父母脸上的失望，她被老师当作高三恋爱的反面教材。

可她知道，她的考砸与古灵先生没有关系，是那次的高考试题出奇的难，茜子姑娘本不是那种极聪慧的姑娘，她只是靠着自己的努力维持着很好的成绩，因此这次考试于她而言本就没有优势，偏偏在考场上，她的头痛又犯了，大脑一片空白，甚至她自己都忘记了在试卷上写了些什么。

茜子姑娘说，从小到大，她什么也不会，就只会用功读书，可是这么多年的用功读书，最后却只是一个这样的结局。

古灵先生那一段时间有找过她，可是她没有见他。她以为，她和古灵先生不会考入同一所大学，他们从此会各安天涯，她能和他在一起度过那一段时光，已经是她莫大的荣幸了，她很知足。

她不是对古灵先生没有信心，而是对自己没有信心。比得到更难过的是，得到了却又失去。她害怕失去，所以拒绝了一切开始的可能。

于是，她给古灵先生发了一条这样的短信，她说，那是她这辈子做过的最后悔的事情。

她对古灵先生说：对不起，我当时答应你的时候，是不想因为拒绝你而使你伤心影响到学习，现在一切都结束了，我不是你的那个对的人，你也可以去寻找真正属于你的爱情了。

她以为这样对两个人都好，长痛不如短痛，她不喜欢藕断丝连。她觉得她应该是不够爱他，可后来才发现，这份爱，原来已深入骨髓，只是她明白得太晚。

她编织了这样一个谎言，但其实说完以后她就哭了，蒙着被子哭了整整一夜，第二天眼睛肿得像核桃。她的难过一点都不比古灵先生少，仿佛说要分开的人不是她，而是古灵先生。

从那以后，古灵先生再也没有找过她。她觉得，古灵先生一定恨极了她。

那段时间，她谁也不见，整日窝在家里，除了吃饭和睡觉，就是看周星驰的老电影，一部接一部。她想让自己开心一点，想让自己笑得肆无忌惮些，可是，那天，她看《大话西游》时，哭成狗。

至尊宝说："曾经有一份真挚的爱情放在我面前，我没有珍惜，等我失去的时候我才后悔莫及，人世间最痛苦的事莫过于此。如果上天能够给我一个再来一次的机会，我会对那个女孩子说三个字：我爱你。如果非要在这份爱上加上一个期限，我希望是……一万年。"

【六】

可是命运竟是这样愚弄着这两个人。茜子姑娘报了六个志愿，前五个都是天南海北，她想要离开这里，离开这个家，离开这个深埋着痛苦回忆的地方。唯独最后一个，她不忍心看到母亲因为她远离而难过，报了家乡的省会城市。

可偏偏，生活总是如此不如人愿，她留在了家乡。而最痛苦的莫过于，她无意中从同学处得知，古灵先生竟阴差阳错地也留在了这座城市。她一时间错愕了，她不知道应该怎么面对他，她也不敢去找他。

大学的生活被高中老师描述得像天堂。茜子姑娘想要重新开始，摆脱过去那个软弱自卑的自己。于是她参加了学生会，在新闻台当记者，在社团当干事，周末出去找兼职。

她把自己弄得忙碌起来，像是一个不肯停下来的陀螺。果真，人在忙碌的时候，真的没有时间想其他，于是她觉得，自己快要忘了古灵先生了。

可事实是，她改不了。一个人与生俱来的个性是无法轻易改变的。纵使她干了很多事情，认识了很多人，却仍旧是原来的自己。她厌倦了学生会里的明争暗斗，厌倦了看别人的脸色，厌倦了写策划书写到手软的生活。

于是，大二的时候，她辞去了一切职务，开始做一些她真正想做的事情。一个人看书，一个人画画。她说她最大的梦想，其实是当一个画家。从前父母不允许，如今她自由了，于是开始自己画一些自己想画的东西。

后来，茜子姑娘自己攒了钱，去做了疤痕修复手术，那道疤痕也渐渐褪去，如果不仔细看，很难再看出来。她也像是一颗星星，虽然不如古灵先生那般耀眼，却也开始散发出自己微弱的光芒。

茜子姑娘说，在大学里，也有人喜欢过她，她也喜欢过别人。可是再也没有一个人，像古灵先生那样对她好，也没有一个人，能占据她心中的位置。

她说："我不愿去触碰那些我不喜欢的身体，去回应那些我毫无感觉的词句，去拥抱那些我从未为之心动过的灵魂。我也只有一个一生，无法慷慨赠与我不爱的人。"

我问："那你就没有想过去找他吗？你们都在一座城市里，见面应该很容易。"

茜子姑娘说，她有一次去找过古灵先生，去了他的学校，鼓了好大的勇气，颤抖着拨打了他的电话号码，她一直在想，见到他应该说些什么，说一声好久不见还是别的什么。

可是，话筒里传来的是好听的女声：对不起，您拨打的电话已关机。她想，他们终究是没有缘分，要不然怎么会都在这座不大不小的城市里，却始终没有再见面。

她一直都想问古灵先生："你还爱我吗？我等你一句话。"可是她连说出去的机会都没有了。

那天，茜子姑娘在古灵先生的学校里走了很久，走他走过的路，看他打过的篮球，坐在他们的教室里幻想着他上自习的样子。她曾无数次想象过和他再见面，他是不是还和以前一样，她能不能控制住自己不哭，微笑着和他打招呼。

可是，现实不是小说。茜子姑娘在那里来来回回走了许多遍，看了那么多人，可唯独没有他，她坚持着没有离开，可最终只是失望，坐在操场上差点哭出声来。

茜子姑娘说："我以为时间会冲淡一切，可是我错了，他的模样渐渐模糊，可他的执着却依然清晰，不知不觉在我心底，挥之不去。他只当我是没有心的，可是他永远不会知道，那些为他受过的伤，像午夜流淌的明月光。"

古灵先生总是会出现在茜子姑娘的梦里，在那个虚拟的时空里，茜子姑娘哭着对他说，她后悔了。可醒来，那个人，虽近在咫尺，却像是隔着万水千山，只求和她永不相见。

【七】

茜子姑娘在极其想念古灵先生的时候，总是忍不住看他的空间，看他最近生活得好不好。然后再悄悄抹去浏览痕迹，仿佛从未来过一般。

直到有一天，她看到了古灵先生的留言板里，满满的全是另一个姑娘的留言。其实她早就知道，会有这么一天。这一场无疾而终的爱恋，无论她想怎样挽回，也回不去了。

茜子姑娘说："她一定是个好姑娘，一个那么爱着古灵先生的好姑娘，一个懂得珍惜他的好姑娘。她不像我，是个傻瓜。"她在心里对古灵先生说：你一定要对她好一点。然后她关了电脑，面对着古灵先生所在的方向，轻声说了一句："祝你幸福。"

　　2012年1月，临近毕业的某一天，电影《那些年，我们一起追过的女孩》上映了，茜子姑娘一个人去看了首映。到最后，全场的人都走了，茜子姑娘被工作人员提醒才呆呆地走出了影院。一路上，哭得像个傻瓜。

　　她没有沈佳宜那样美好，可是她觉得古灵先生就是柯景腾，曾那样一心一意对待她。

　　茜子姑娘印象最深的还是，沈佳宜问柯景腾："你真的很喜欢我吗？我其实有很多缺点，也许你喜欢的只是你想象中的我。"

　　柯景腾说："我没那么会想象。"

　　沈佳宜说："后来，我很难再喜欢一个人，因为被你喜欢过，真的很难觉得别人有那么喜欢我。"

　　茜子姑娘不明白："为什么总是等他走了以后，我才发现，他才是我最爱的那个人。"

　　最后，一切归于平静。

　　茜子姑娘淡淡说道："我的故事结束了。现在我毕业了，整整四年，我未曾再见过他。如今，我要走了，我总会忘记他。"

　　我没有再说什么，我只是很难过。这样一段美好的爱恋，却硬生生被掐死在了襁褓里。

　　茜子姑娘一个人去了南方最繁华的那座城市，偶尔，也会给我发消息说，她现在过得很好。幸运的是，她真的成为了一名插画师，她在绘画方面应该是极有天赋的，她给我邮寄来她画的画，我很喜欢，于是一直挂在我的店里。

　　后来，我把茜子姑娘的故事写了出来，放在了网上，有了不错的点击量。

【八】

　　我以为这段故事到此为止了。殊不知，几个月后，一位先生找到了我。我知道，他一定是古灵先生，因为那双眼睛，正如茜子姑娘所说的那样，深邃得不可见底。

　　在我的记忆里，通过茜子姑娘的描述，对古灵先生的印象还一直停留在那个阳光般的穿着黑色T恤的少年。可是现在，他沉稳矫健，穿着整洁的西装，走进店里的时候，神色匆忙，步履极快，可是发型却纹丝不乱，皮鞋也锃亮得不染纤尘。

　　我很好奇他是怎么找到我的"树洞"小店的，他说，他的一个同事在网上看到了我的故事，对他说："好巧啊，这个故事的主角和你的昵称一样呢。"他略微诧异，他的昵称一直都是这个，用了很多年。于是，他试着搜索了这个故事，却没想到，故事的主角真的是他。

古灵先生对我说："你知道古灵的意思是什么吗？"

我摇摇头说："我只听过古灵精怪这个词。"

他拿起笔在纸上写着，古灵两个字的首字母是GL，那是他和茜子姑娘名字的首字母。

我刚喝的咖啡差点喷在他脸上，惊讶地对他说："你的意思是，你一直还都喜欢她？你从来都不曾忘记过她？"

古灵先生点点头。从前我只听到了故事的一面，却从未想到故事的另一面竟是这样。我不由得感叹，他们其实谁都没有错，他们原本可以很好地在一起，只是一个太骄傲，一个太倔强，让他们白白错过了四年的光景。

古灵先生说，他一直觉得茜子姑娘是个很特别的姑娘。从他见她的第一面起，她永远都是安静的样子，偶尔还会脸红。他说："现在会脸红的姑娘已经不多了。"

他也不知道什么时候开始喜欢上了茜子姑娘，或许是他坐在她背后看她伏案写作业的时候，或许是在她涨红着脸解不出题的时候，或许是他觉得茜子姑娘眼睛里有亮光。

在他认识的姑娘里，茜子姑娘不是最美丽的，但是于他而言，却是独一无二的。反正那时候，他一直想引起茜子姑娘的注意。他并不想打扰她学习，他也知道，父母花了一大笔钱才把他转入这所重点高中。

可是他就是控制不住自己，他想要保护茜子姑娘，他想要一辈子对她好。古灵先生说，从见到茜子姑娘以后，他第一次懂得了小说里面描写的那种喜欢是什么样子的，他觉得，茜子姑娘就应该是属于他的。

可是，是的，他其实一点都不了解茜子姑娘。他不知道茜子姑娘的家庭，不知道她是那么的敏感与害怕。他说，他从未在意过那疤痕，他也从未记得曾经说过那样一句话。

只是后来，茜子姑娘考得很不好，又对他说了那样的话，他以为一切都是因为他，于是，他也陷入了深深的自责中。他第一次感到绝望，他也会害怕，从前的曾经是不是只是一场梦境。更令他害怕的是，茜子姑娘说从来没有爱过他。

后来知道他们在一座城市上大学以后，他给茜子姑娘打过电话，可是没有人接。他以为她是故意不接他的电话。

我叹了口气，你们彼此都换了新号码，却从来都没有跟对方说。

他不敢去找茜子姑娘，他说，他已经失去了她一次，他承受不了失去她第二次，他不敢想象如果茜子姑娘再次拒绝他，他会是怎样的痛苦。古灵先生想过要忘了茜子姑娘，有人说，忘记一个人，一种方法是让时间去带走一切，另一个是寻找另一个人代替她。

时间对古灵先生来说似乎并没有用，他从来都忘不了她。而那个时候，学校的一个小师妹一直在追求他。无论他以何种方式拒绝，可小师妹依然不为所动，锲而不舍。

他说，他似乎看到了当时的自己。于是心软，答应了她。他们因此在一起了。古灵先生说，可是后来无论他怎样试图再努力爱，也会显得不自在。不懂得如何谈恋爱，"还是我太爱她，对过去太放不开"。

他苦笑着说，或许得不到的才是最好的。后来他和小师妹一起去看《那些年，我们一起追过的女孩》的时候，古灵先生才知道"you are the apple of my eye"的意思。

从前他一直以为翻译过来是再简单不过的一句话：你是我眼中的苹果。而这时，他方才知道，这句话真正的意思是，你是我最珍爱的人。他原本一直以为茜子姑娘不爱他，可是，她爱他，是真的爱过他。

影片结束的时候，古灵先生说了分手。他对小师妹说，他对不起她。他其实一直都忘不了茜子姑娘。

毕业以后，他一直打听茜子姑娘的消息，可是没有人知道她去了哪里，好像她从此人间蒸发了一样。

直到那天，他看到了那个故事，找到了我，找到了我的"树洞"。

古灵先生说完这些的时候，我似乎比以前更难过了。他们一直深爱着对方，却因为种种误会而离开。他们本来有机会能度过一段幸福的大学时光，像所有甜蜜的恋人一样，可是却最终彼此折磨，彼此深爱而不知。

他们都以为自己了解对方，可实际是他们根本不懂对方在想什么。我给了古灵先生一个地址，他对我说了声谢谢，然后离开。

【九】

2013年8月17号的那天。我在朋友圈看到了茜子姑娘与古灵先生一起去看了周杰伦的演唱会，他们一起以这种方式缅怀自己的青春。

你是不是也想知道他们后来发生了什么？我追着茜子姑娘问："谁先找到的谁？你们见面的第一句话是什么？有没有抱头痛哭什么的？"

茜子姑娘笑着说，当时她在上海，与朋友一起租了一间房子。后来有一段时间，朋友因为有事回了老家，她自己一个人住。可是她害怕，于是每晚都开着灯睡。

有一天晚上，有人敲了她家的门，她害怕极了，拿了啤酒瓶，如果真的有坏人来的话，就砸他的头。可是透过门上的猫眼，她看到的是古灵先生变形的脸。一个不小心，她砸了自己的脚。

古灵先生接过她的话继续说道，一开始他刚到上海，找到了茜子姑娘的住所，可是他并没有准备好应该怎样去找她，也不知道她现在过得怎么样，于是他在茜子姑娘对面租了一间房。

可后来有几天，他看到茜子姑娘房间的灯每夜都亮一整晚，他不放心，于是鼓起勇气敲响了茜子姑娘的门。所以他们的第一句话应该是茜子姑娘疼得"啊"了一声吧。

今年七月末的时候，我收到了茜子姑娘发来的请柬。是的，她要结婚了。我打开请柬，看着相片上的两个人，微微笑了。或许正是因为分开了四年，才让他们现在更加懂得珍惜对方。

我关上了"树洞"小店的门，买了机票，飞到他们所在的城市。婚礼上的茜子姑娘没有刘海，露出了光洁的额头，疤痕已经看不出来了，交换完戒指，古灵先生吻了茜子姑娘的右额。他爱她，连同那块疤痕。婚礼背景音乐是那首《爱是永恒》。

> 有始不有终
>
> 能受百样痛
>
> 从没有合约合同
>
> 但却跨时空
>
> 这滔滔不息的爱
>
> 我赠给你用
>
> 这一生和下世
>
> 有几多全奉送
>
> 闭起的眼中
>
> 无论重又重
>
> 仍是见着你面容
>
> 在我心湖中
>
>
>
> 这份爱永远都存在
>
> 共你同在无尽永恒中
>
> 有着我便有着你
>
> 真爱是永不死

穿过喜和悲

跨过生和死

有着我便有着你

千个万个世纪

绝未离弃

爱是永恒 当所爱是你

……

那一刻，我觉得，茜子姑娘是世界上最美丽的公主，嫁给了她最心爱的王子。从此以后，他们是过上了童话般的幸福生活，还是在柴米油盐里变成了老头子与老太婆，我们不得而知。

【后记】

我很庆幸，他们最终还是在一起了。纵然命运给他们开了这么大一个玩笑，可他们仍然那么深爱着对方。

尽管我曾经听到的故事中，有那么多难过与背叛，有那么多的伤心与不甘。但我仍旧相信爱情，只要两个人足够相爱，没有什么能阻挡在一起的脚步。因为种种原因分开的人，往往最终还是不够爱。

最后，我希望看故事的你，一生被爱。想要的都拥有，得不到的都释怀。

邂逅：

阿瑶姑娘
与南浔先生

　　阿瑶姑娘是我十分要好的闺蜜，当她知道我开了这样一家"树洞"小店，很是为我高兴。于是，千里迢迢找到了我，当然，带着美味的巧克力蛋糕。

　　我没有看她，只顾埋头吃蛋糕。一直以来，我都以为她是一个最没有故事的人。可是，意外地，她递给我一个红色小本，居然是结婚证，翻开来看到上面的名字是阿瑶姑娘与南浔先生。

　　我的吃惊程度不异于见了外星人，连忙翻了翻今天的日历，不是愚人节啊。又揉揉眼睛，仔细看了看，没错，是货真价实的结婚证。谁也没有想到，曾经没有谈过一次恋爱的阿瑶姑娘竟会是我们寝室毕业以后第一个结婚的人。

阿瑶姑娘说，她一直觉得命里注定的那个人如此难以寻找，可没想到，命运总会带他来。

从前我讲过许多故事，总有姑娘说，这些故事看得我好生难过。所以这次我讲的这个故事十分诙谐有趣，希望你们看完以后会觉得温暖。

我相信这个世界上一定会有这么一个人，他会穿越世间汹涌的人群，捧着满腔的热情和沉甸甸的爱走向你抓紧你，他一定会找到你的，你要等。

【一】

阿瑶姑娘是我大学时期的闺蜜，与许多青春剧里的主人公们纠纠缠缠甚至沦落到堕胎的剧情十分不同，大学毕业之前，她从来没有谈过一场恋爱。

我以为她是骗我的，曾经缠着让她给我讲曾经喜欢过的人，哪怕是暗恋过的也行。可是，她说，从来没有，连暗恋也没有。

她是个十分简单的姑娘，青春就像是一杯白开水，索然无味。她说，她一直听妈妈的话，乖乖念书。或许她头脑里关于感情的那根神经颇为迟钝，所以从小学到高中，她不觉得自己喜欢过别人，也不觉得别人喜欢过她。而父母严厉的家教更不容许她有单独见男孩子的机会。

后来，到了大学，远离了父母的掌控，她才相对获得了自由。却悲哀地发现，她喜欢的人不喜欢自己，喜欢她的人她又不喜欢。

所以我们就看着她，四年仍旧孑然一身。不过，她将自己的感情寄托在了食物里，成为了一名标准的吃货。阿瑶姑娘自诩吃自助餐绝不吃亏，每次总是要把本钱吃回来，于是带领着我们吃遍整个城市所有的火锅自助、海鲜自助、烧烤自助、比萨自助以及牛排自助。

当然连学校后门的小吃街也不放过，以至于学院里很少有人知道阿瑶姑娘这个人，可是在小吃街里却是无人不知、无人不晓。我们跟着她也颇为沾光，比如卖烤肉的大叔看见我们总是会多放些孜然，卖拉面的兰州人总会多放几片牛肉。

后来，在我们都与男朋友出去约会的时候，她也逐渐安静下来。一个人出去吃东西多少会觉得有些寂寞，于是她在网上买了一个小型烤箱，在寝室里天天研究它，似乎没有男朋友的她把它看作了自己的男朋友。

而作为室友的我们，表面上非常惋惜，可实际却是私下窃喜的，因为阿瑶姑娘总是变着法子给我们做草莓蛋糕、美味芝士、夏威夷比萨等等一系列甜品。

所以，很悲哀地，四年过后，我们寝室里的每个人都胖了一圈。

【二】

毕业以后，阿瑶姑娘与我们一一告别，去了北京，成为了许多北漂中的一员。她梦想着大干一场，努力做出自己的一番事业，升职CEO，然后嫁给高富帅，走上人生巅峰。

可惜理想很丰满，现实却很骨感。她在北京当了一名销售，工作压力很大，常常出差，和别人软磨硬泡、撒娇纠缠成了她唯一的特长。

没过多久，她就忍受不了雾霾的天空、拥挤的交通和职场上各种钩心斗角，于是在吃遍所有的北京小吃以后，灰溜溜逃回了自己的家乡。

当然，这是她对外宣称的官方表达，而实际上是，她经历了一场失败的恋情。

阿瑶姑娘从前没有谈过恋爱，所以一直不懂得如何爱。后来，她遇见了一个人，她以为那是她命中注定的爱情了。

她把自己最好的一切都给他。她说，他们在一起，每天她都是很早地起来，偶尔她会坐在旁边看着熟睡的他，数着长长的睫毛，阳光洒进来的时候，她就会想起那句话："每天醒来，看到你和阳光都在，就是我想要的未来。"

爱情让身为一名吃货的阿瑶姑娘也变成了女诗人，可是，智商也降为了零。

阿瑶姑娘说，在他生日那天，刚好是她出差在外，于是她拼命压缩行程，提前买了机票回来，提着她自己精心DIY的慕斯蛋糕，准备为他过一个浪漫的生日。她提前并没有告知他，想给他一个惊喜。可是她打开房门，看见的却是他与另一个姑娘谈笑风生。

她想把手里的蛋糕砸向他们两个，可是，她不舍得。于是她只对他说了一个字，滚。可是说完之后就后悔了。她期待着他向她解释，或许，他们只是普通朋友，或许，那只是一个误会。可是，他什么也没有说就离开了。这一走，再也没有回来。

阿瑶姑娘一个人在房间里，边吃蛋糕边流泪。蛋糕很甜，可是泪水流到嘴里却十分苦涩，夹杂的味道也变得十分怪异。

【三】

第二天醒来，她仍旧和从前一样做好了两个人的早饭，却悲哀地发现，这里只剩她一个人了。除了他余留的气味，什么也没有。于是，她一个人吃光了两份饭。

有时候，她也会恍惚，他是否真正存在过。阿瑶姑娘拼命寻找，却也找不到他的一丝痕迹，他甚至从来没有送过她一件礼物。她想起，他们在一起的时候，房租水电是她一个人付的钱，出去吃饭的时候，每次都是她抢着埋单。

想到这里，一种不安隐隐浮现。她忽然打开桌子最下面的抽屉，果然，钱包里面的银行卡不见了。那是他和她在一起后办的一张卡。他说，两个人每个月都往里面存一点钱作为以后买房子的首付。她信了，当时还天真地以为他把自己考虑在了未来里面，她以为，他也是如她爱他般那样爱她。

都说，喝酒不要超过六分醉，吃饭不要超过七分饱，爱人不要超过八分情。可阿瑶姑娘说，她总是喝醉，吃撑，再爱成傻叉。结局则是吐一身，长一堆肉，被抛弃。

她不明白，在爱情里面，她很用心地付出，很用力地爱他。没想到最后却会换来这样一个结局。

我对她说："爱情不是靠付出就可以一直维持下去的，或许你只是一味地沉迷在自己的世界里，却没有看清爱人早已变了心的事实。那些扬言说要陪你走一生的人，总是走到半途就迷路了。很多人可以毫无征兆地说爱你，可也会忽然就变了心，然后悄无声息地离开。大多数人到最后的关系，是没有关系。"

阿瑶姑娘叹了口气说："或许是吧。"

失去了爱人，也失去了维持生活的来源，阿瑶姑娘无奈地回到了家乡。后来，在家人的帮助下，在这座城市里开了一家面包房，日子过得倒也轻松快活。

只是那一段错误的爱恋，她一直不愿对人提起，像是一只受伤的刺猬，把自己包裹得严严实实，也不敢再向别人袒露自己的心迹。

于是，很长时间，她仍旧一人，守着那家面包房。直到遇见南浔先生。

【四】

南浔先生最初不过是那里的一名顾客，和每天来到店里的顾客无异。他是到阿瑶姑娘的店里订蛋糕的，他选择的是很精美的双层蛋糕，乳白色的奶油芝士，周围铺满了玫瑰花瓣，一看就知道是送给女朋友的。

阿瑶姑娘打量着他，举止言谈彬彬有礼。看着蛋糕的时候，时而有着温柔的眸和不自觉上扬的嘴角。阿瑶姑娘想，他一定很爱她，做他的女朋友一定很幸福。

忙了一整天，晚上的时候，阿瑶姑娘准备关上小店的门，结果，一个人影突然显现出来。她一愣，不会是来打劫的吧。可仔细一看，居然是南浔先生。

他神情恍惚，手里仍旧提着那个蛋糕。他沮丧地说："没能送出去，又不忍心丢掉，所以就拿来你这里了。"

阿瑶姑娘招呼他坐下，一时间手足无措，不知道应该怎么安慰他。只能说："是不是和女朋友吵架了？那你应该去追回来啊，女孩子都是要靠哄的，跑到我这里是解决不了问题的。"

可南浔先生摇摇头说："不会的，她不会回来的，我们分手了。其实我早就发现这段感情出了问题，想趁着她生日，弥补感情的裂痕，可没想到，她竟然那样决绝地提出了分手。

"我不怪她，只是恨我自己没有能力给她想要的生活。所以，她选择能给她带来更好生活的人，这也没有错。"

阿瑶姑娘忽然想起了曾经那个离开她的他，一时间，有种同是天涯沦落人、相逢何必曾相识的感觉。

她对南浔先生说："其实你还好，比你惨的人也有很多，比如我。"那晚不知道为什么，她对还是陌生人的南浔先生说出了她之前从不曾对别人提起的过往。

在生活中，我们总是容易和最爱的人吵架，和陌生人说心里话。或许正是因为陌生，有些话才可以毫无保留地说出。

而说完以后，两人相视一笑，只是那笑比哭还难看。阿瑶姑娘把蛋糕打开，切成小块儿，递给南浔先生。她对他说，难过的事情总会过去，伤心还好，伤了胃就不好了。然后又从柜台里拿出一瓶酒，一杯给南浔先生，一杯给自己。

她说："第一杯酒敬那些离开我们的人，在我们的生命中落幕，以后我们将与寂寞为友，与孤独同行；第二杯酒敬自己，希望我们依旧如行云流水，潇洒地活在自己的世界里；第三杯酒敬未来，从此以后一路顺风，能够找到所爱之人厮守一生。"

后来他们喝醉了，趴在桌子上就睡着了。第二天醒来。南浔先生抱歉地说："貌似给你添了不少麻烦。"阿瑶姑娘摆摆手说："没事，其实我还要谢谢你，把压在心里的故事说出来，心里好受多了。"

【五】

南浔先生离开了。阿瑶姑娘在做蛋糕的时候，偶尔会突然想起他来，然后不自觉笑出声来。她以为两人不过萍水相逢，点头之交。

可是，那天晚上，南浔先生突然出现在她面前，她忽然很激动，重遇他的瞬间，就像火柴划过燃起火花的那一刻。南浔先生走进来，不由分说拉着她出去，说要好好犒劳一下她。阿瑶姑娘把店交给店员，跟着他走了。她说，虽然与南浔先生只见过一面，可她却对他有一种没来由的信任感。

南浔先生请她吃饭的地方，不是什么高档酒店，也不是风味餐厅，而是市里最繁华的一条小吃街。一开始阿瑶姑娘还想保持一点淑女的风范，不敢敞开肚皮吃。可令她更加瞠目结舌的是，南浔先生这样好看的男孩子，居然也是一个不折不扣的吃货。

于是，他们两个一起从小吃街头吃到街尾。从臭豆腐、鸡肉串、烤冷面、铁板烧、白吉馍、炸薯条，一直吃到孜然羊肉、清蒸生蚝、炭烤鱿鱼、红烧猪蹄、麻辣小龙虾。他们把一切不愉快统统吃到肚子里，然后消化掉。

后来，他们成了所谓的吃友。无论谁在哪里吃到好吃的，总会带着另一人来品尝。于是乎，再一次吃遍了这座城市里所有的美味，连边边角角也不放过。

阿瑶姑娘甚至还写了一份美食攻略，把每个店里的招牌菜统统总结出来，优点缺点各自罗列，放在网上还颇受欢迎。不过，可惜的是，没过多久，两个人的体重都呈直线上升状态。

在又一次酒足饭饱之后，阿瑶姑娘与南浔先生去山上散步，不知不觉，就走到了山顶。他们躺在草地上，看着天空中的星星，格外明亮。

阿瑶姑娘对南浔先生说："都怪你，本来就嫁不出去，现在变胖了就更没人要了。"

南浔先生说："没关系，我要。"

阿瑶姑娘愣住了，扭过头看着他说："你刚才说什么？我没听清。"

南浔先生大声说："我喜欢你。"那句喜欢飘浮在空气里，久久不肯散去。

阿瑶姑娘笑着说："那有多喜欢呢？"

南浔先生说："很喜欢，喜欢到所有的向日葵都朝着太阳转，所有卷心菜都愉快得开了心。"

于是他们在一起了。阿瑶姑娘说："以前我总是不懂，爱是什么。后来，我才知道，爱就是和喜欢的人在一起，然后吃好多饭。"

是啊，有时候爱情就是这样简单。

【六】

九月份的时候，我作为伴娘，参加了阿瑶姑娘的婚礼，给他们送了一个大大的红包以及一堆零食。

看着面前的阿瑶姑娘，忽然觉得时光这样快，仿佛昨日的她还是那个待在寝室里静静烤着面包的少女，而如今，竟成了最美丽的新娘。

而婚礼上的两个人，似乎也比从前更胖了些。我看到了阿瑶姑娘口中的南浔先生，的确斯文而优雅，只是低头的不经意间，露出了双下巴。

可是你知道吗？和爱的人在一起，就连变胖也是幸福的。两个胖子在一起，彼此相看也能两不厌。

阿瑶姑娘一袭白纱，挽着南浔先生的手臂，踩着红毯，步入了婚姻的殿堂，而婚礼的背景音乐是那首《相依为命》。

> 旁人在淡出 终于只有你共我一起
>
> 仍然自问幸福虽说有阵时为你生气

其实以前和你互相不懂得死心塌地

直到共你度过多灾世纪

即使身边世事再毫无道理

与你永远亦连在一起

你不放下我 我不放下你

我想确定每日挽着同样的手臂

不敢早死要来陪住你

我已试够别离并不很凄美

我还如何撇下你

年华像细水冲走几个爱人与知己

抬头命运射灯光柱罩下来是我跟你

难道有人离去是想显出好光阴有限

让我学会为你 贪生怕死

即使身边世事再毫无道理

与你永远亦连在一起

你不放下我 我不放下你

我想确定每日挽着同样的手臂